주종은 가리지 않습니다만

주종은 가리지 않습니다만

지은이 김혜나, 박주영, 서진, 정진영, 최유안
펴낸이 임상진
펴낸곳 (주)넥서스

초판1쇄 인쇄 2023년 11월 10일
초판1쇄 발행 2023년 11월 15일

출판신고 1992년 4월 3일 제311-2002-2호
10880 경기도 파주시 지목로 5
Tel (02)330-5500 Fax (02)330-5555

ISBN 979-11-6683-659-6 03810

www.nexusbook.com
&(앤드)는 (주)넥서스의 문학 브랜드입니다.

앤드
앤솔러지

주종은 가리지 않습니다만

김혜나
박주영
서 진
정진영
최유안

&

차
례

달콤 쌉싸름한 탁주

김혜나

오래 불은 쌀이 분쇄기에서 탈탈탈 소리를 내며 새하얀 가루로 쏟아져 나왔다. 멥쌀 20킬로그램을 계량해 방앗간으로 가지고 와 가루로 빻으면 5킬로그램이 더 불어났다. 방앗간에서 곡물을 빻아 주는 가격은 1킬로그램당 천 원인데, 주인은 총 25킬로그램의 가격을 정산해 받는다. 5킬로그램은 쌀의 무게가 아닌 수분의 무게이기에 아무래도 아깝다는 생각이 들었다. 하지만 쌀을 이렇게 빻아야 효소에 의한 분해가 잘 일어나니 어쩔 수 없다.

가루로 빻은 쌀을 카트에 담아 옮겨서 차에 실은 뒤 양조장으로 향했다. '양조장'이라면 인적이 드문 지방에서도 공기 좋고 물 좋기로 유명한 자리에 짓는 경우가 많았다. 그러나 소규모 양조 허가가 떨어진 뒤부터 서울 도심 곳곳에 다양한 형태의 양조장이 생겨나기 시작했다. 행복양조장도 대표 혼자서 탁주, 약주, 소주를 소량 생산해 오다가, 그 무렵 일반 회원을 대상으로 한 양조 수업을 확장하면서 직원 한 명을 더 채용해 운영해 온 곳이다. 그 직원이 지난해 결혼하고 올해 초 출산을 하면서 휴직하는 바람에, 나는 그 자리를 메우기 위한 계약직으로 채용되었다. 양조업계 이직률은 제법 높은 편이고, 정직원으로 입사할 곳이 아주 없지는 않았다. 하지만 나 또한 양조 일이 나에게 맞을지 알 수 없기에 1년간 일하는 조건으로 시작해 보는 게 낫다고 판단했다.

학부를 졸업하고 10년간 회사 생활을 했지만 적성에 맞는 일이라는 생각은 한 번도 들지 않았다. '워라밸'과 '카르페디엠'이라는 키워드가 유행어처럼 쓰이던 때에는 나도 진짜 좋아하는 일을 해 보고 싶다는 생각이 들기는 했다. 그러나 그저 공부만 하다가 취직해서 회사원으로 살아온 내가 무엇을 좋아하는지 도무지 알 수가 없었다. 취미로 스쿠버다이빙을 종종 해 왔고, 막연히 외국에서 일하고 싶다는 바람이 있기는 했다. 회사 생활을 한 지 10년이 되었을 때 혹시나 싶어 알아본 오키나와의 스쿠버다이빙 장비 판매 업체에 운 좋게 취직이 되어 비로소 떠날 수 있는 기회를 잡았다. 그때 면접을 본 시기가 스쿠버다이빙 비수기인 겨울이라서 좀 더 준비해 이듬해 봄부터 일하기로 결정이 났었다. 덕분에 겨울 내내 시간이 남았고, 새로운 취미를 만들고 싶어 집 근처 전통주 보틀숍에서 진행하는 막걸리 빚기 원데이 클래스에 나갔다. 막걸리 만드는 법을 배워 두면 오키나와에 가서도 술을 빚으며 사람들과 함께 즐길 수 있겠다 싶어 가슴이 설레었다.

한 시간 정도 우리 술의 역사와 문화, 그리고 술이 만들어지는 원리에 대한 이론 수업을 듣고 난 뒤에 막걸리 빚기 실습을 했다. 강사가 미리 찌고 식혀 둔 고두밥에 누룩과 물을 섞어 반죽하는 동안, 나도 모르게 '이 일을 평생 하겠구나'라는 예감이 들었다. 지금에 와서 돌아보면 밑도 끝도 없이 왜 그런 마음이 들었는지 모르겠지만, 그때는 오직 그 생각만이 머릿속에 차올랐다.

다음 날 나는 전통주 교육기관의 우리 술 빚기 수업 정규 과정에 등록했다. 그렇게 수업에 나가기 시작하면서 나는 진짜로 이 일을 한번 해 보고 싶었다. 곧장 오키나와 출국 계획을 취소하고 입사 지원을 철회한 뒤 본격적으로 양조사 입문 과정을 들었다. 그렇게 이듬해 봄까지 양조 교육을 받은 뒤 양조장 취직을 알아봤지만, 양조업계 또한 취직이 만만하지 않았다. 서울 시내 곳곳에 양조장이 생겨나기는 했으나 대부분 1인 양조장에 불과했다. 직원도 한 명 내지 두 명인 데다가 그마저도 대표의 가족이나 지인이 일하는 경우가 많았다. 무엇보다도 쌀과 누룩 포대를 비롯해 술병 박스 등 수많은 양의 자재를 옮기고 대용량으로 술을 빚으며 대형 기계 장비를 다뤄야 하는 상업 양조의 특성상 남자 사원만 뽑는 경우가 허다했다. 직원 모집 요강에 드러내 놓고 남자만 뽑는다고 쓰여 있지는 않았지만 내가 방문해 본 양조장에 여자 양조사가 있는 경우는 드물었다.

빻은 멥쌀을 카트로 옮겨 담고 양조장 안으로 들어섰다. 수증기와 함께 열기가 훅 끼쳐 왔다. 벽면에 붙은 화구 위에 양은솥 열 개가 올라가 있었다. 나는 다시 카트를 끌고 안쪽 사무실 문을 열고 들어갔다. 진 대표는 탁자 앞에 앉아 감자, 양파, 애호박을 잘게 다지는 중이었다.

"벌써 점심 준비를 하세요?"

"어, 왔어?"

"뭐 만드시려고요?"

"누가 열무김치를 10킬로나 보내 줘서, 강된장 끓여 보리밥이랑 같이 먹으려고."

"밖에 물 올려놓은 거 불 끌까요?"

"아, 맞다! 지금 끄고, 이따가 회원들 오면 다시 끓여."

그 말에 나는 곧장 나가서 가스 밸브를 잠그고 다시 사무실로 갔다. 계량 저울에 볼을 올리고 빻아 온 멥쌀을 1.25킬로그램씩 소분해 위생 백으로 옮겨 담았다.

50대 중반이라는 진희성 대표는 요리를 아주 잘했다. 특별한 식재료나 조미료를 쓰지 않고도 칼국수, 냉면, 짜장면, 김밥, 비빔밥, 청국장 등의 음식을 손쉽게 뚝딱 만들어 내는 재주가 있었다. 양조 수업은 주말인 토요일부터 수요일까지 매일 이어졌다. 오전 11시부터 오후 2시까지 수업을 하다 보니 진 대표가 손수 밥상을 차려 회원들과 함께 먹었다. 별다른 재료 없이도 번듯한 밥상을 차려 내는 그가 참 대단하고 신기했다. 요리를 따로 배운 적이 있느냐고 묻자 그는 가볍게 콧방귀를 뀌며 "배우긴 뭘 배워. 먹고살려면 직접 해야지, 누가 그냥 해 주나?"라고 되물었다. 그 말인즉슨 자신을 위해 밥 차려 주는 이가 없다는 뜻인 것 같았다. 근무 중에는 물론 퇴근 후 술자리를 가질 때도 집에서 전화를 걸어 오는 이가 딱히 없어 보이기도 했다. 양조장 회원들을 비롯해 거래처 직원들과 술자리를 가지는 때가 종종 있는데, 새벽 서너 시가 넘도록 술잔을 기울일 때에도 그는 집에 가 봐야겠다는 소리를 하지 않았다. 아무래도 혼자 사는 게 분명해 보였다. 이따금씩 자기 아들이 운영하는 레스토랑에 다녀왔다거나 딸과 함께 영화 보러 간다는 식의 이야기를 하는 걸 보면 일찍이 이혼을 하고 혼자서 술을 빚으며 살아온 게 아닐까 싶었다.

똑똑, 노크 소리가 들리더니 윤정 씨가 큼지막한 종이봉투를 양손에 하나씩 쥔 채 사무실 안으로 들어섰다. 윤정 씨는 "안녕하세요."라고 인사한 뒤 머핀과 초콜릿을 좀 만들어 왔다고 말했다. 웬걸 이렇게 많이 가져왔느냐고 묻자 회원들 다 하나씩은 먹어야죠, 라고 대답했다.

진 대표가 매일 직접 장을 봐 온 식재료로 회원들 점심 식사를 차려 대접하다 보니 회원들도 결코 빈손으로 오질 않았다. 후식으로 먹을 빵과 과자, 커피를 사 오는 사람들이 수두룩했고, 식재료로 쓰라며 철마다 생굴, 주꾸미, 새조개, 낙지, 민어 등을 택배로 보내는 이도 있었다. 양조 수업 시간에 회원들과 나누어 먹고도 남는 양이 많아 진 대표가 나에게 싸 갖고 가라며 내주기도 했다. 먹더라도 우선 누가 보낸 것인지 알고는 싶은데 보내는 이 이름은 없이 생산 업체명만 쓰여 있는 경우가 태반이었다.

윤정 씨는 양조장 근처에서 동네 책방을 운영했다. 책방은 카페를 겸하고 있어 커피와 음료는 물론이고 수제 맥주와 내추럴 와인까지 갖추고 있었다. 책방을 하기 전에는 베이커

김혜나

리 카페에서 제빵사로 일한 적이 있어 지금도 소금빵, 크루아상, 치아바타, 머핀, 스콘, 쿠키, 초콜릿 등을 직접 만들어 팔았다. 평소 빵과 맥주, 와인을 좋아하다 보니 효모를 사용해 빚는 전통주까지 다뤄 보고 싶어 양조 수업에 등록했다고 한다. 제빵사였고, 책방을 운영하고, 술을 좋아하는 그의 전공이 무엇일지 궁금해서 물어보니 문예창작이었다는 대답이 돌아왔다. 역시 술과 문학은 한데 어우러지기 좋은 조합이구나 싶었다.

"어이, 안녕들 하십니까!"

출입문을 열고 사무실로 들어서기도 전부터 혼자 큰 소리를 내며 자신의 존재를 알리는 백 선생의 목소리가 울렸다. 그는 진 대표의 최측근으로 2년 전부터 양조 수업을 내리 재수강해 오고 있다고 한다. 양조 공간을 지나 사무실로 들어온 백 선생에게 진 대표가 "왔어?" 하며 가볍게 인사했다. 백 선생은 "예에, 잘 지내셨습니까?"라면서 과장되게 인사하고는 곧장 사무실 안쪽 냉장고 문을 열었다. 거기서 약주를 한 병 꺼내고 선반에 놓인 술잔까지 챙겨 든 뒤 자리에 앉았다. 그가 술을 따르며 누구 같이 마실 사람 있느냐고 물었다. 나하고 진 대표는 딱히 대꾸를 안 했고, 윤정 씨만 마지못해 "저는 괜찮아요."라고 말하며 사양했다. 술잔 가득 술을 채워

단숨에 들이켠 백 선생은 "이야, 이제 좀 살 것 같네."라고 말하고는 다시 술잔을 채웠다.

"일주일에 이틀은 술 안 마시기로 아내하고 약속을 해 놔서, 어제 하루 참고 왔더니 아침부터 술이 아주 다네, 달아."

백 선생의 말에 나는 뭐라 맞장구쳐 주고 싶지 않았다. 양조 수업에서 빚은 술은 양조장 저온 창고에서 숙성했다가 정해진 기간에 각자 채주하고 병입해서 가져간다. 하지만 백선생은 그렇게 담은 술의 소량만 집으로 가져가고 나머지는 이곳 냉장고에 넣어 두었다. 그러니 자기에게 할당된 술을 꺼내 마시는 거라고 말하지만 자기 술병에 라벨을 따로 붙여 놓지 않았고, 그가 만들어 넣어 둔 술병과 꺼내 마신 술병을 일일이 다 세어 볼 수도 없기에 자기 술을 마시는 것인지 양조장 술을 마시는 것인지 정확하게 가늠할 수가 없었다. 양조 수업을 함께 듣는 회원들이 종종 "백 선생님은 왜 저렇게 양조장 술을 마음대로 꺼내서 마셔요?"라고 물어 오기도 했다. 나는 그냥 잘 모르겠다고 대답했고, 진 대표는 회원들 누구든 마시고 싶으면 직접 꺼내 마셔도 된다고 대답했다. 그렇다고 해서 실제로 양조장 냉장고를 열어 마음껏 술을 가져다 마시는 사람은 한 명도 없었다.

백 선생은 윤정 씨가 가져온 머핀과 초콜릿 봉투를 보더

김혜나

니 따로 묻지도 않고 뜯고 꺼내서 안주로 먹었다. 그러더니 여기에는 약주보다는 와인이 어울리겠다며 양조장 창고에 쌓아 둔 상자에서 샤또 딸보 와인을 한 병 꺼내 왔다. 그것은 확실히 백 선생이 가져온 술이 맞기는 했다. 백 선생이 여러 병의 와인을 양조장으로 가지고 와 회원들과 나눠 마신 적이 있는데, 그날 진 대표가 샤또 딸보를 맛보고 "나는 이게 제일 맛있네."라고 말하자 다음 날 선물이라며 두 상자를 들고 왔다. 엄밀히 따져 보자면 백 선생이 진 대표에게 선물한 것이니 진 대표의 와인이라고 볼 수 있지만, 내가 그 부분까지 따지고 들 필요는 없어서 가만히 있었다. 백 선생이 윤정 씨에게 다시 와인을 권하자, 윤정 씨가 이번에는 사양하지 않고 술잔을 받았다.

"오늘 원래 세 분이서 한 팀으로 술 빚으셔야 하는데, 한 분이 못 오신다고 하네요. 오늘만 그냥 두 분이 하셔요."

내가 말하자, 윤정 씨가 "아, 네."라고 대답하고 백 선생을 향해 "저 그런데 성함이……?" 하고 물으며 통성명을 하려 했다. 백 선생은 "그냥 백 선생이라고 부르쇼."라고 대답했다. 백 선생의 이름은 김동식인데, '백야'라는 이름의 게스트하우스를 운영하고 있어 스스로 별칭을 백 선생이라 지었다고 한다. 그는 게스트하우스 '백야' 안에서 프라이빗 와인 바도 운영했다. 고객은 예약제를 통해서만 와인 바에 입장할 수 있고, 와인 리스트에서 원하는 와인을 골라서 마시는 게 아니라 저마다의 예산과 기호에 맞춰 백 선생이 추천하는 와인을 다양하게 시음할 수 있다. 각각의 와인마다 백 선생이 일일이 설명을 덧붙이고 배경 지식을 가르쳐 주다 보니 사람들도 '사장님'보다는 '선생님'이라고 부르게 되었다고 들었다.

윤정 씨도 이름을 밝히자 백 선생은 그에게 무슨 일을 하느냐고 물었다. 윤정 씨가 이 근처에서 작은 책방을 운영한다고 대답했고, 백 선생도 자기가 '백야'라는 게스트하우스와 와인 바를 운영하고 있다고 밝혔다. 그러자 윤정 씨가 백 선생에게 "도스토옙스키 좋아하세요?"라고 물었다. 백 선생은 전혀 못 알아듣겠다는 표정을 짓더니 단 1초도 망설이지 않고 "뭐요?"라고 되물었다. 세상에 도스토옙스키를 모르는 사람도 있구나……. 윤정 씨가 당황한 기색을 비치더니 "아, 그…… 그러니까, 왜 백야라고 이름 지으셨어요?"라고 질문을 수정해 다시 물었다. 백 선생은 어두운 밤을 환히 비추는 게 술이라고 생각해서 그렇게 이름 지었다고 대답했다.

나는 양조 공간으로 가서 쌀가루를 거를 채반과 스테인리스 볼을 세 개씩 꺼내어 두고 두 사람에게 이제 시작하자고 말했다. 양조 수업을 처음 듣는 윤정 씨에게 우선 채반에 쌀

김혜나

가루를 거르면 된다고 말하자 백 선생이 내 말이 끝나기도 전에 양조 과정에 대한 일장 연설을 늘어놓기 시작했다. 백 선생은 양조장 신규 회원만 왔다 하면 자기가 무슨 조교라도 되는 것처럼 술과 양조에 대한 온갖 설명을 해 댔다. 어디서나 자기가 주인공이어야 하고, 남을 가르치는 역할까지 해야만 직성이 풀리는 백 선생의 성격이 나는 너무 피곤했다. 나는 그만 두 사람에게서 돌아서서 가스 밸브를 열고 물이 든 솥 아래 불을 붙였다.

  오키나와 일자리를 포기하고 전통주 교육원의 상업 양조 과정을 수강하는 동안에도 일을 안 하고 살 수는 없었다. 30대 중반의 나이에 부모님께 생활비를 달라고 부탁할 수 없었고, 집안 사정이 그럴 만한 상황도 아니었다. 호텔리어로 평생 일해 온 아버지가 코로나 시국 초반에 정리 해고를 당했다. 아버지 또한 마냥 놀 수만은 없어 퇴직금에 아파트 융자금을 더해 속초 바닷가에 위치한 리조트 건물에 분양을 받아 놓은 시기였다. 아버지는 가구와 가전제품, 식기, 침구, 세제, 수건, 휴지까지 손수 구매해 호텔 룸 못지않은 객실을 마련하고 임대업 어플로 고객을 받겠다고 했다. 그러나 어플에 이용 후기가 없다 보니 예약자가 도통 생기질 않았다. 그래서 아버지와 어머니 그리고 내 지인까지 총동원해 무료 숙박 기회를 제공하고 후기를 써 달라는 부탁을 계속했다. 지인이 쓰고 갔다 해도 퇴실 이후 청소 아르바이트를 써야 하고 비품도 새로 채워 넣어야 해서 수익은커녕 빚잔치만 할 판이었다. 이런 와중에 부모님께 생활비나 용돈 이야기를 꺼내면 당장이라도 속초에 가서 객실 청소와 관리 일이나 도우라고 할 게 뻔했다. 생에 처음으로 내가 좋아하는 일을 찾아 도전해 보려는 시기에 또다시 부모님 뜻대로 일하면서 살고 싶지는 않았다. 어떻게든 내 힘으로 내 인생을 살아가려면 집 근처 편의점 알바라도 뛰면서 기회를 잡는 게 나았다.

나는 일단 전통주를 전문적으로 취급하는 주점과 보틀숍 아르바이트 자리를 알아보았다. 계속 양조를 배워 언젠가는 양조사로서 나만의 술을 빚겠다는 꿈이 있으니 이왕이면 전통주 관련 업장에서 일해 보는 게 나을 성 싶었다. 그러나 보틀숍 중에서는 전통주만 판매하는 곳이 많지 않고 규모도 작아서 직원이나 아르바이트생을 쓰는 경우가 별로 없었다. 그에 비해 주점의 주방과 홀 서빙 일자리는 굉장히 많이 나와 있었고, 요식업계 인력난이 심해서인지 시급도 꽤 높았다.

나는 직원 및 아르바이트생 구인 공고를 낸 전통주 주점에 모두 이력서를 보냈다. 그러자 딱 한 군데에서 연락이 왔다. 집에서 거리가 먼 곳이라 조금 망설여졌지만 그곳 외에

김혜나

는 연락조차 오는 곳이 없었다. 다른 선택지가 없던 나는 주점의 사장과 통화를 하고 면접을 보러 갔다. 사장과 인사를 나누고 자리에 앉자 그가 "저랑 나이가 같으시네요."라는 말을 제일 먼저 했다. 학부를 졸업하고 바로 취직해 10년간 회사 생활을 해 오는 동안 내 나이가 이렇게 됐구나 싶었다. 사회적으로 더 이상 어린 나이가 아니라는 것은 알고 있었으나 아직 중년은 아니다 보니 딱히 나이가 들었다고 생각해 본 적 없었다. 한데 전통주 양조를 배우고 어깨 너머로 주류 업계 사람들을 접해 오면서 띠동갑 이상으로 나이가 어린 젊은 사람들을 많이 만났다. 어린 나이에 현장에 뛰어들어 실무와 경험을 쌓아 가는 전통주 업계의 현실이 놀라울 정도였다. 전통주 동호회 모임에 나갔을 때 몇몇 양조사들이 "선배님 오셨습니까."라며 깍듯이 대하는 사람이 있어 이야기를 나눠 보니 그 사람마저도 나보다 나이가 어렸다. 그래서인지 양조장과 주점에 이력서를 냈을 때 어쩌면 내 성별이 아닌 나이 때문에 아예 검토조차 해 보지 않는 게 아닐까, 하는 의심이 생겼다. 다행히 이 주점의 사장은 나이와 성별에 대한 선입견을 가지고 있지는 않은 모양이었다. 어쩌면 그조차도 따질 수 없을 정도로 인력 충원에 급급했을지도 모를 일이지만 말이다. 나는 그곳에서 일주일에 사흘씩 출근해 일하면서 양조 공부를 계속해 나갔다.

 백 선생과 윤정 씨가 쌀가루를 내리는 사이 '술책' 친구들
이 몰려왔다. '술책'은 전통주 양조를 배우며 가까워진 친구
들과 함께 만든 모임이었다. 저마다 전공도 다르고 하는 일
도 다른데 다들 술과 책을 좋아한다는 이유로 가까워졌다.
처음에는 술을 소재로 한 에세이나 문학 작품을 함께 읽는
모임으로 시작했다가, 한의학을 전공한 친구가 고문헌 속 우
리 술 제법을 독해해 직접 빚어 보고 싶다는 의향을 내비치
며 점차 우리 술 복원 모임으로 자리매김해 왔다. 요리 학원
이나 전통주 교육원 실습 공간을 빌려서 고문헌 속 술을 복
원해 빚어 오다가, 내가 양조장에 취직한 뒤부터 진 대표가
무료로 공간을 쓰도록 허락해 주어 여기서 모이게 됐다.

 오늘은 세시풍속에 따라 단오에 주로 마시던 '창포주'를
빚기로 했다. 단옷날 창포물에 머리를 감고 목욕하는 풍속이
있어 이름만 들어서는 창포주 또한 창포물로 빚는 술이라고
오해하기 쉽다. 한데 고문헌에 따르면 창포물이 아닌 창포
뿌리를 씻은 뒤 물에 불려서 술을 빚는 방식이라고 한다. 창
포 뿌리는 온라인으로 미리 구매해 두었다. 평상시 창포 뿌
리를 식재료로 쓰는 경우가 없다 보니 실제로 보는 것도 처

　　　　　김혜나

음이었다. 뿌리의 형태가 마치 닭발처럼 생겨서 낯설기도 하고 징그럽기도 했다. 전날 미리 세척해 물에 담가 둔 채였는데, 원래 모양에서 딱히 불어나지도 않아 양념에 버무려 볶기 직전의 닭발과 더욱 비슷해졌다. 그래도 성분이 우러나기는 한 모양인지 담가 둔 물이 누렇게 변해 있었다. 쌀, 물, 누룩을 한데 버무려 치댈 때 물과 함께 불어난 창포 뿌리를 그대로 집어넣기도 했고, 뿌리에서 우러난 물만 부어 섞어 주기도 했다. 술책 팀원들하고는 두 가지 경우로 나누어 모두 빚어 볼 계획이었다.

창포주 빚을 준비를 마치자 백 선생이 어깨 너머로 지켜보더니 무엇을 만드는 것이냐고 물었다. 다들 멀뚱히 바라만볼 뿐 아무 대답을 안 해서 내가 "창포주요."라고 대답을 했다. 백 선생이 "아아, 창포주. 요즘 마시기 딱 좋지."라고 말하며 알은체를 했다. 창포 뿌리가 무엇인지도 몰라서 무엇을 만드는 것이냐고 물었을 텐데, 부재료를 벌써 넣으면 어쩌냐, 덧술을 더할 때 따로 넣던지 쌀이 당화되고 나서 발효되는 기간에 더해야 한다는 식의 일장 연설을 늘어놓았다. 팀원들은 백 선생의 쓸데없는 참견과 명령식 화법에 당황한 기색이 역력해 보였다. 그래도 누구 하나 대뜸 나서서 우리가 알아서 할 테니 참견하지 말라고 목소리를 높이지 않았다.

나는 윤정 씨에게 화구에 가서 물이 끓는지 봐 달라고 말하는 것으로 백 선생의 말을 잘랐다. 윤정 씨가 양은솥의 물을 확인하더니 아직 좀 더 기다려야겠다고 말했다. 그럼 사무실에 가서 술 한잔씩 하면서 점심 식사 준비를 도와주면 될 것 같다고 말하자 윤정 씨와 백 선생 모두 사무실로 들어갔다. 사무실 문이 닫히는 걸 보고 나서야 하아, 참아 온 숨이 쏟아져 나왔다.

"나 저 사람만 보면 진짜 미칠 것 같아."

내가 옆에 있던 민하에게 소곤대듯 말하자 "그러게. 웬 꼰대가 여기 와서 오지랖이지?" 하며 맞장구를 쳐 주었다. 마주 보고 있던 정현은 "뭐 그냥 귀여운 캐릭터 같은데?"라며 딱히 대수롭게 여기지 않았다. 그 옆에 지운이 "술을 좀 빚어 보긴 했나?"라고 묻기도 했다. 내가 보기에 그는 여기서만 계속 수업을 들으며 신규 회원들 앞에서 잘난 체하고 꼰대 짓을 하는 것 같았다. 어딜 가나 저런 식으로 선임 또는 단골 행세 하는 위인이 꼭 한 명씩 있었다.

학부생 때 카페와 편의점에서 일해 본 경험이 있지만, 서른 중반의 나이에 20대 초반 직원들과 일하려니 잘 어울리며 지낼 수 있을지 걱정이 앞섰다. 다행히 함께 일하는 친구

김혜나

들 중에 성격이 모나거나 신경질적인 직원이 있지는 않았다. 오히려 학부 졸업 후 오랜만에 마주하는 나이 어린 친구들과의 대화가 즐겁게 느껴지고 때로는 힘이 되기도 했다. 이런 게 바로 세대적 특성인지는 모르겠고 사람마다 개인차가 있기야 하겠지만, 전통주 업계와 주점에서 만난 20대 친구들은 대부분 착하고 예의 바른 편이었다. 타인에게 민폐가 되는 일을 하지 않으려 극도로 조심하는 경향이 있었고, 진상이나 꼰대가 되지 않으려 노력한다는 인상도 들었다.

내가 미처 예상 못 한 문제는 일하는 내내 너무 허기가 지고 다리가 아프다는 거였다. 서비스업 종사자들에게 앉아서 일할 수 있도록 의자를 배치하고 있다는 뉴스를 본 적이 있지만 실제로 고객에게 술과 음식을 서빙하는 공간에서 직원이 앉을 만한 자리는 없었다. 나는 휴식 시간 없이 여섯 시간 동안 내리 서서 일했고, 다리와 발바닥에 이루 말할 수 없는 통증이 몰려와도 내색하지 못했다. 나를 제외한 직원들 모두 일주일에 닷새씩, 1일 아홉 시간을 몰아서 일하니 서 있는 것에 면역이라도 된 것일까? 아니면 20대 초반의 초인적인 체력과 서른 중반에 기울어 가는 체력의 차이일까? 그곳에서는 아무도 다리가 아프다는 문제로 일하기 힘들거나 괴롭다고 말하지 않았다.

근무를 마치고 집으로 돌아가면 밤 11시 무렵이었다. 배가 고파 라면이라도 끓여 먹을까 싶고, 다리 통증 때문에 족욕이라도 해야 하나 싶다가도 집에 도착하는 순간 극심한 피로감이 몰려와 야식이나 족욕은커녕 세수도 못하고 쓰러져 잠들기 일쑤였다. 주점에서 일하는 6개월 동안 정확히 5킬로그램의 체중이 빠졌다. 내 육체는 마치 오래 묵은 멥쌀처럼 바짝바짝 말라 가는 듯했다.

육체적으로는 힘든 일이지만 하루가 멀다 하고 쏟아져 나오는 신상 주류를 양조장마다 앞다투어 시음주로 보내 주는 덕분에 소비자보다 먼저 맛볼 수 있어 좋았다. 유통기한이 지난 발효주 또한 고객에게 팔 수 없기에 직원들이 나눠 마셨다. 전통주를 좋아하는 사람들과 이야기 나눌 수 있고, 인생 술을 찾았다며 감동받아 감사의 인사를 전하는 고객을 볼 때면 내가 보상을 받는 게 아닌데도 기쁘고 뿌듯했다. 과거의 끝에 존재하던 술을 현대로 이어 오는 가교로서의 역할을 톡톡히 해내고 있다는 데서 오는 보람이 분명히 있었고, 그래서 몸이 힘들어도 견딜 수 있었다.

주점 일에 복병은 업무 그 자체에 있지도, 함께 일하는 동료들에게 있지도 않았다. 그곳은 전통주 전문 주점이긴 하지만 흔히 '전통주점' 또는 '학사주점'이라고 부르며 양은 주

26 김혜나

전자에 막걸리를 담아 놓고 파전, 족발과 함께 부어라 마셔라 하는 분위기는 아니었다. 와인 바처럼 꾸며진 내부에 내추럴 탁주만 판매하며 술잔도 모두 와인 잔으로 세팅해 주는 서양식 바와 같은 이색적인 공간이었다. 술과 안주 모두 가격대가 높은 편인데도 매일 예약이 모두 차고 만석이 될 정도로 인기가 많은 곳이기도 했다. 그래서 테이블의 절반 정도는 예약을 받고, 절반 정도만 워크인 손님을 받는 식으로 영업을 했다. 그런데 하루는 사장이 워크인 테이블로 세팅해 둔 자리에 예약석 표시를 해 두고 두 개의 테이블을 붙여 대형을 새로 만들었다. 그새 누가 예약했느냐고 묻자 잠시 머뭇거리더니 "그게…… 일종의 단골이자 진상인 손님이 있어요."라고 말했다. 뭔가 애매모호한 말이었지만, 나도 모르게 "홍주 손님이요?"라는 말이 튀어나왔다. 그러자 사장은 "어, 어떻게 바로 알아요?"라고 말하며 놀라워했다.

홍주란 단골이자 진상인 손님의 이름이 아니라, 진도 특산품으로 유명한 붉은 빛깔의 증류주 이름이었다. 진도 쌀을 발효한 뒤 증류한 술로, 증류기를 타고 내려오는 고리 끝에 '지초'라는 뿌리채소를 면보에 싸서 매달아 두면 붉은색이 우러나와서 '홍주' 또는 '지초주'라고 불렀다. 아름다운 붉은색이 시선을 사로잡는 술이지만 에탄올 함량이 40퍼센트인

고도주인 데다가 지초 특유의 흙냄새가 감돌아 마니아층 고객만 종종 찾았다. 아무리 자주 오는 단골손님이라 해도 매번 같은 술을 시키는 경우는 드문데, 그 손님은 매번 홍주만 주문했기에 직원들끼리 '홍주 손님'이라고 불렀다.

그날 내가 홍주 손님 자리로 주문을 받으러 갔을 때만 해도 그의 정체가 '홍주 손님'이라는 것까지는 몰랐다. 내가 "주문하시겠어요?"라고 묻자 그가 나를 빤히 바라보았다. 나는 그 시선이 내 몸에 머물러 있음을 바로 알아차릴 수 있었다. 왜 이러지, 라는 의문이 들었지만 고객에게 섣불리 따지고 들 수는 없어 일단 잠자코 지켜보았다. 내 몸을 뚫어져라 쳐다보던 그가 이내 "목에 문신이 참 예쁘네."라고 말했다. 그 말에 나도 모르게 내 목덜미를 손으로 감싸 쥐었다. 뭐 이런 새끼가 다 있지? 라는 생각도 들었지만 실제로 그렇게 내뱉지는 못했다. 그는 내 반응에 아랑곳 않고 피식 웃더니 늘 먹던 술과 안주를 가져다 달라고 했다. "네?"라고 하니 "아니 뭐, 처음 와서 모르나? 홍주 한 병하고 감바스 안주, 파스타면 추가해서."라고 대답했다. 나는 아무 대답하지 않고 그대로 뒤돌아서 포스기에 그가 주문한 메뉴를 입력했다. 옆에 있던 직원 채경에게 "저 새끼 뭐야?"라고 묻자 "왜요? 또 무슨 진상 짓거리 했어요?"라고 물어 왔다.

김혜나

"아니, 저 미친 새끼가 내 목을 한참 쳐다보더니, 문신이 예쁘네 어쩌네 개소리하면서 반말 까는데, 이거 성희롱 아니야?"

"그냥 무시해요 언니. 그렇게 쳐다보는 것도 성희롱이라고 말하면 쳐다보라고 타투한 거 아니냐며 싸우고 난리 날 걸요. 진상이긴 해도 올 때마다 많이 팔아 준다고 사장님도 뭐라고 못 하던데 우리가 뭐 어쩌겠어요."

창포주를 빚는 동안 화구에 올려 둔 물이 끓었다. 나는 다시 사무실로 가서 백 선생과 윤정 씨에게 물이 끓는다고 말했다. 그 말에 백 선생이 윤정 씨에게 "그만 나오쇼." 소리를 하더니 채에 내린 쌀가루를 들고 따라오라고 했다. 내가 뭔가 가르쳐 주기도 전에 백 선생이 혼자 교사 노릇을 하며 온갖 잘난 체를 다 하고 있었다. 그럴 때마다 내 존재가 무시당하는 느낌이 들었지만 역시나 아무 말 하지 못했다. 백 선생한 명만 양조 수업을 들으러 온다면 한 번쯤 쓴소리를 하는게 나을 수도 있는데, 매 분기마다 와인 바 손님들과 상인회회원들을 데리고 오는 '큰손 회원'이라는 게 마음에 걸렸다. 백 선생이 자체적으로 모집한 클래스를 아예 '백야반'이라고 명명하고 운영하고 있어 양조장으로서는 큰 도움이 되는 게 사실이었다.

행복양조장에서는 주류 면허를 받아 술을 생산하고 도매상에 공급하고 있지만, 상업 양조 형태로 운영하지는 않았다. 아무런 기계 장비 없이 손으로 직접 쌀을 씻고 찌고 버무려 술을 담갔고, 발효하는 과정에서도 교반기 없이 손수 술을 저었다. 술을 거를 때도 착즙기 없이 면보에 넣어 거른 뒤 손으로 짜내야 했다. 일체의 기계 장비와 감미료 없이 빚은 내추럴 탁주와 약주, 소주를 생산한다는 자부심이 있는 양조장이기는 했다. 다만 생산량이 타 양조장에 비해 터무니없이 적기에 술 생산과 판매로 수익을 얻는 구조가 될 수는 없었다. 따라서 분기별로 양조 수업 정규 과정을 열어 수익을 창출하는 방식으로 운영하는 것이다. 여자인 내가 이 양조장에 취직할 수 있었던 것도 어쩌면 그래서였을지 모르겠다. 생산량이 많은 양조장일수록 다뤄야 할 자재와 기계 설비가 많아 여자 직원 채용을 꺼렸다. 한데 이곳은 양조 수업 위주로 시스템이 돌아가고 있으니 이왕이면 성격 무던하면서도 싹싹하게 사람을 상대하는 여자 직원이 있어야 했던 게 아닐까?

백 선생은 윤정 씨와 함께 화구에 가스 밸브를 잠그고, 체에 내린 멥쌀가루를 나누어 끓는 물에 넣으며 저어 주었다. 그렇게 죽 상태로 만든 반죽을 저온 창고로 옮겨 놓고 난 윤정 씨가 나에게 오더니 이제 뭘 해야 되느냐고 물었다. 내가 대답하려고 하자 역시나 백 선생이 "에헤, 이제 죽이 식어야 누룩 넣고 버무리니까, 그때까지 술이나 마시고 놀면 돼요." 라고 말하며 내 말을 잘라먹었다. 그런데 이번에는 윤정 씨도 백 선생의 말에 아무 반응하지 않고 술책 멤버들과 만들고 있던 창포주에 대해 이것저것 묻기 시작했다. 그러자 백 선생도 사무실로 가지 않고 공연히 옆에 달라붙어 마치 감독관이라도 된 것처럼 잔소리를 늘어놓더니 급기야 양팔 소매를 걷어붙이고 자기가 좀 도와줘야겠다며 멤버들이 버무리고 있던 고두밥에 손을 집어넣고 치대기 시작했다. 나는 그런 백 선생의 태도에 신경을 끄고 싶었으나, 그는 내 행동을 계속 지켜보며 잔소리를 했다.

"고두밥 버무릴 때는 한 손으로 해야지. 그래야 버무리다가 물이랑 누룩도 추가하고 부재료도 넣을 것 아니오."

본인이나 그렇게 하고 남의 일에 참견하지 말라고 소리치고 싶었지만 이번에도 그저 묵묵부답으로 일관했다. 그러다 내 옷소매 한쪽이 흘러내려서, 옆에서 지켜보던 윤정 씨에게 소매 좀 걷어 달라고 말했다. 그 모습을 귀신같이 지켜본 백 선생이 꽥 소리를 내질렀다.

"아이, 거 참! 그러게 그거 좀 한 손으로 하라니까!"

높아진 백 선생의 언성에 다들 깜짝 놀라서 하던 일을 일제히 멈추고 그를 바라보았다. 소리를 지른 백 선생도 머쓱했는지 "아니, 그래야 소매가 내려가도 직접 올리고 그러지……."라며 말꼬리를 슬쩍 내렸다. 나는 하고 싶은 말이 너무나 많았지만, 아무 말 할 수 없었다. 그렇다고 계속 그 공간에 있을 수도 없어 멤버들에게 고두밥을 마무리해서 항아리에 담아 달라고 부탁하고 화장실로 향했다. 세면대에서 차가운 물을 틀어 얼굴에 물을 끼얹은 뒤 가빠진 호흡을 고르고 앞치마를 벗었다. 그날, 주점에서 앞치마를 벗고 나오던 날도 이 정도로 커다란 분노가 치밀지는 않았다. 아니, 그때는 오히려 냉철하고 이성적으로 판단할 만한 힘이 있었다.

홍주 손님이 친구 세 명과 함께 불쾌하게 취한 상태로 주점에 들어선 날이었다. 시계를 보니 저녁 7시도 안 된 시각이었다. 보아 하니 이미 낮술을 실컷 들이켜고 여기서 한 잔만 더 하고 가려는 모양이었다. 홍주 손님이 평소처럼 홍주를 주문하자, 함께 온 친구가 초록병 소주를 마시겠다고 소리쳤다. 둘 중에 어떤 술로 주문을 받아야 할지 망설이는 사이 두 사람의 언성이 높아졌다. 홍주 손님이야 당연히 홍주를 마시라고 강요했고, 그의 친구는 자기 입맛에는 초록병 소주가 제일

김혜나

맛있는데 왜 강요하느냐며 소리를 질렀다. 이미 술에 취한 사람들 사이의 의견이 좀처럼 좁혀지질 않아 나는 초록병 소주 정도의 도수지만 감미료 없이 만든 증류식 소주도 있다고 설명하고 추천했다. 이 술이라면 모두의 취향에 맞을 것 같다고 덧붙이면서 말이다. 그러자 두 사람은 내 설명을 한참 동안 듣고 나서 진도 홍주와 초록병 소주를 각각 한 병씩 시키는 것으로 합의를 봤다. 내가 왜 저런 인간들한테 우리 술을 설명하고 권했는지에 대한 후회가 밀려왔지만, 어쨌든 손님으로 온 사람들이니 아무 말 못 하고 서빙을 했다.

주문을 하고 난 이후에도 두 사람의 논쟁은 계속됐다. 식사를 하고 왔으니 안주는 한 가지면 충분하다고 했다가, 옆 테이블에서 시킨 로제크림닭갈비와 홍새우애호박전을 보더니 저건 무슨 안주냐고 물어 오기도 했다. 홍주 손님은 그게 뭐가 됐든 시키지 말라고 우겼고, 그의 친구는 뭐든 좋으니 일단 갖다 달라고 우겼다. 홍주 손님은 그 안주가 꼭 먹고 싶다면 굳이 주문하지 말고 그냥 서비스로 내 달라며 나에게 생떼를 썼다. 나는 일단 사장님께 물어보겠다고 대답한 뒤 자리를 피했다. 얼마 전 갑작스레 그만둔 주방장의 자리를 메꾸느라 주방에만 있던 사장에게 가서 말하니 그냥 무시하라는 대답만 돌아왔다. 나보다 오래 일한 직원 채경조차 홍주 손님의 취향과 요구는 도통 맞춰 줄 수가 없다며 그 주변 테이블조차도 서빙을 가지 않았다. 나도 더 이상 할 수 있는 게 없어 그들이 부르기 전까지 그냥 버티고만 있었다. 그러자 그의 친구가 자리에서 일어나 화장실에 다녀온 뒤 나에게 왔다. 그는 아까 그 두 가지 안주를 모두 주문하고 계산까지 해서 자리로 돌아갔다. 나는 이제 상황이 다 끝났다 싶어 마음을 놓았는데, 그것은 또 얼마나 커다란 오산이었는지! 주방에서 나온 안주를 그들 자리에 갖다 주자 홍주 손님은 이걸 왜 주문한 것이냐며 난리를 피웠고, 그의 친구는 자기가 먹고 싶어서 시킨 건데 왜 이 난리냐며 또 싸우기 시작했다. 나는 최대한 당황하지 않고 침착하게 메뉴 설명을 하고 이미 계산도 끝났으니 맛있게 드시라고 말했다. 그러자 두 사람은 흥분을 좀 가라앉혔는데, 그때 홍주 손님의 친구가 나를 위아래로 훑어보며 "근데 왜 이렇게 친절해?"라고 물었다. 갑작스러운 질문에 너무 기가 막혀 아무런 말도 나오지 않았다. 그러자 그가 "아니, 나는 살면서 이렇게 친절한 아가씨는 또 처음 보네."라며 칭찬인지 비아냥인지 모를 소리를 해 댔다. 홍주 손님은 "야 인마, 내가 여기 단골이라고 했잖아!"라고 소리 지르며 자기 덕분에 내가 친절하게 응대한다는 식으로 몰아갔다. 나는 더 이상 대꾸하지 않고 뒤돌아섰다. 그러

34   김혜나

자 홍주 손님의 친구가 "어이, 아가씨!" 하더니 "이리 와, 내가 팁 줄게."라고 외쳤다. 그대로 돌아서 그들의 테이블을 뒤엎어 버리고 싶은 심정이었지만, 애써 화를 억누르고 최대한 상냥하게 "저희 매장에서는 따로 팁을 받지 않습니다."라고 말했다. 그러자 그는 "아이, 거 참. 젊은 사람이 뭘 그렇게 빳빳하게 굴어? 자, 팁 받아."라면서 내 앞치마 주머니에 만 원권을 욱여넣었다. 나는 그대로 그 세계에서 사라지고 싶었다. 앞치마를 벗어 던지고 그에게 귀싸대기를 올려붙이든 발차기를 날리든 한 방 먹여 주고 곧장 가게를 나서고 싶기도 했다. 그러나 나는 어떠한 상황에도 그저 형식적인 미소를 지으며 모든 고객에게 똑같이 "네."라고 대답하는 서빙 로봇에 불과했다.

나는 그만 화장실로 달려가 앞치마를 벗었다. 그 안에서 만 원권 지폐를 꺼내어 한참 동안 바라보다가, 박박 찢어 양변기 속으로 던져 버리고 물을 내렸다.

양조 수업과 술책 모임이 끝나고 사람들이 모두 떠난 뒤 진 대표와 함께 저온 창고에서 발효 중인 술을 저었다. 항아리 속에서 쌀의 당분을 머금은 효모가 에탄올과 이산화탄소를 내뿜어 기포가 보글보글 올라왔다. 창문에 살포시 떨어지는 빗방울처럼, 누군가 귓가에 속삭이는 소리처럼, 혼자서 조용히 술을 빚으며 살고 싶었다. 시선이 머물고 마음이 동하는 쪽은 언제나 고요하고 느리게 흐르는 순간이었다. 우리 술 또한 과거의 끝자락에서 느릿하게 흘러 나에게 다가왔다. 술이 지금 여기로, 느릿하고 즐겁게 흐를 수 있도록 돕는 가교가 되고 싶었다. 술만 열심히 빚으면, 나의 열정과 노력만 있다면 충분히 그 역할을 해낼 수 있을 거라고 믿었다.

"저는, 사람 상대하는 일이 안 맞는 것 같아요."

여기서 계속 일하는 게 맞을까? 힘겹게 내뱉은 말에 진 대표는 아무 대답하지 않고 자기 앞의 항아리 속 술을 젓기만 했다. 나만 오로지 약자이자 을로서 존재하는 환경에서 일하는 것은 온당하지 않다고 여겼다. 그럼에도 주점 일을 그만둘 때 홍주 손님 때문이라고 말하지는 않았다. 그저 아버지 일을 도우러 속초로 가게 되었다고만 말하고 말았다.

속초에 있는 아버지의 숙소를 청소하고 관리하는 일은 딱히 나쁘지 않았다. 사람들에게 너무 치여서 떠나오긴 했지만, 혼자서 일하다 보니 오히려 마음이 편안해졌다. 관광객의 발길이 뜸한 저녁 시간이면 속초 해변 모래사장을 거닐며 설악산 울산바위를 올려다보았다. 자연이 주는 신비와 웅장함에 취해 무엇이든 할 수 있으리라는 믿음이 자라났다. 울산바위가 가깝게 보이는 한적한 마을에 양조장을 차려 술만 빚으며 살면 얼마나 좋을까? 다만 지금은 자본도 경험도 부족하니 어느 양조장이든 기회를 주는 곳에 취직해 일하며 실무를 다지고 싶었다. 그런 나에게 유일하게 기회를 준 곳이 바로 행복양조장이었는데, 술 빚는 일이 아니라 여전히 사람을 응대하고 관리하는 일만 해야 하는 현실이라니. 양조장에서 일을 하면 할수록 혼자서 술만 빚으며 살고 싶다는 꿈은 한갓 모래성에 지나지 않았다는 사실을 깨달았다. 묵묵히 술만 젓고 있는 진 대표에게 다시 물었다.

"대표님은, 사람들 상대하는 일에 지치거나 상처받은 적 없으세요?"

진 대표는 여전히 같은 속도로 술을 젓다가 이윽고 입을 열었다.

"내가 이 양조장 하면서 진짜 별의별 인간들을 다 만났거든. 진짜 얼마나 많은 사기꾼이 찾아오는지 몰라. 그런데 나는 좀 소시오패스라서 그런지 전혀 스트레스를 안 받더라?"

그 말에 나도 모르게 큰 소리로 웃고 말았다.

"아니, 소시오패스라뇨! 대표님이 무슨……."

"보통 사람 같으면 이 일 하면서 이상한 사람들 많이 만나서 스트레스 받고, 우울증이나 공황장애가 생길 법도 한데,

나는 너무 멀쩡하더라고. 그럼 소시오패스 맞는 거 아니야?"

"아뇨, 그건 그냥 감정형이 아니라 사고형이라서 그런 거 아니에요? 성격 자체도 내향적이 아니라 외향적이신 것 같고요. 그런 분들은 사람 많이 만나면 피로해지는 게 아니라 오히려 더 기운이 난다고 하더라고요."

"그게 뭐 MBTI인가 그건가? 나는 한 번도 검사를 안 해 봐서 그것까지는 모르겠네. 그건 그렇고, 사발 하나 갖다 줄래?"

진 대표의 말에 나는 사무실에서 사발 하나를 꺼내 와 건네주었다. 그러자 그가 항아리 속에서 발효 중인 술을 조금 떠서 내게 다시 건넸다.

"다 한 번씩 맛 좀 봐. 내가 이따가 운전을 해야 돼서 오늘은 시음을 못 하겠네."

술의 발효 기간과 숙성 기간이 정해져 있긴 하지만, 발효 중에도 매일 변하는 향과 맛을 확인하기 위해 조금씩 맛을 보기는 했다. 주질에 대한 검사와 책임은 모두 양조장에 있으니 그동안 진 대표가 직접 맛보고 기록해 왔는데, 오늘은 나더러 맛을 보라는 것이었다. 진 대표가 건네준 술을 마셔 보니 쌉싸름한 맛이 먼저 났다. 항아리 목에 걸어 둔 검사지에 당도, 산도, 탁도를 표기하자 진 대표가 다른 항아리 속에

김혜나

든 술도 떠 주었다. 그 술에서는 산미가 먼저 느껴졌다. 다 똑같은 제법으로 빚은 술인데, 어떤 항아리의 술은 감미가 돌고, 또 다른 항아리의 술에서는 탄산이 강하게 올라왔다. 술은 정말로 그랬다. 같은 날 같은 사람이 빚은 술도 항아리 속에서 저마다의 성격을 만들어 냈다. 마치 사람의 마음처럼, 술 또한 억지로 다스릴 수 없고 다스려지지 않았다. 그래서 더욱 술에 이끌리고, 끊임없이 빚어 보고 싶었다.

항아리에 든 술을 모두 맛보고 표시하는 일까지 마치자 진 대표가 "어때? 다 다르지?"라고 물어 왔다. 나는 "술이…… 다 그렇죠, 뭐. 특히나 발효주는 매번 완벽하게 같은 맛이 나올 수 없잖아요."라고 대답했다.

"계속 빚다 보면, 술이 말하는 이야기가 들려."

"이야기요?"

내가 만든 술은 어떤 이야기를 가지고 있을까? 진 대표는 그만 항아리의 뚜껑을 하나씩 닫았다. 나도 그를 도와 항아리 뚜껑을 닫고 발효실에서 나왔다. 진 대표가 나에게 먼저 들어가 보라고 말했다.

"나는 어차피 약속 시간까지 여기 있을 거라서, 내가 천천히 정리하고 갈게."

알았다고 대답하고 탈의실에서 옷을 갈아입었다. 가방을

챙겨 밖으로 나오니 진 대표가 집에 가서 먹으라며 통에 담아 둔 강된장을 내주었다. 아까 너무 스트레스를 받아 점심을 먹지 않은 게 신경 쓰인 모양이었다. 고맙다고 말하고 받아들자, 그가 한마디 더 했다.

"하고 싶은 이야기는 하고 살아. 그게 무엇이든, 누군가는 들어 주겠지."

내가 하고 싶은 이야기는……, 마음속에 오래 담아 두어 이제는 보이지도 들리지도 않는 머나먼 세계 속에 머무는 것만 같았다. 그만 양조장을 나서려는 나에게 진 대표가 증류한 소주를 한 병 주었다. 쌀, 물, 누룩을 발효하고 숙성하면 탁주가 된다. 탁주를 가만히 놔두면 탁한 부분이 아래로 가라앉고 맑은 술이 위로 뜬다. 그 맑은 술만 떠낸 것을 약주라고 부른다. 그리고 약주만 모아서 증류기에 넣고 가열하면 기화된 에탄올이 차가운 공기와 만나 증류기에 연결된 관을 타고 한 방울씩 흘러내린다. 그렇게 흘러내리는 술이 바로 증류식 소주다. 불어난 쌀로부터 소주가 되어 가는 과정이 일종의 연금술 같아 보였다. 나도 그렇게 불어나고, 쪼개어지고, 발효되고, 타오르고 나면 언젠가 내 안에 진짜 이야기가 한 방울씩 흘러나올까?

집으로 돌아와 냉장고 속에 있던 야채를 썻고 밥을 데웠

김혜나

다. 뜨거운 밥 위에 강된장을 올리고, 진 대표가 준 소주를 잔에 따랐다. 뜨겁고도 맑은 맛, 달콤하면서도 쌉싸름한 맛이 고스란히 느껴졌다. 내 안에 가득 차올라 뜨거운 열을 내뿜으며 목울대와 가슴을 쓸고 내려가는 술이, 말라붙은 나의 마음을 조금씩 부풀리는 듯했다.

소설가가 꿈이었다는 친구는 바텐더로 일하며 매일 술을 마셨다. 친구에게 왜 그렇게 술을 마시느냐고 물으니, 인간의 내면에 잠재한 이야기를 끄집어내는 데 술이 가장 좋다고 대답했다. 그런 그가 진정으로 원하는 것이 무엇일지 오래 생각했다.

나이가 들면서 예전만큼 술을 많이 마시기 어려워, 맛과 향이 풍부한 우리 술을 소량으로 맛보기 시작했다. 내가 직접 보고, 느끼고, 경험한 바를 글로써 풀어내는 일이 익숙해 우리 술에 대한 이야기도 자연스레 써 나가기 시작했다. 한 자 한 자 손으로 써 내려가는 글처럼, 한 땀 한 땀 손으로 빚어내는 술의 세계에도 저마다의 이야기가 자리해 있었다. 그렇게 얻은 소중한 이야기를 소설로 남긴다.

취재에 도움을 준 술담화 이수연 팀장님, 삼해소주 김현

종 대표님, 정작가의 막걸리 집 정경채 대표님, 초콜릿책방 이선경 대표님께 감사한 마음을 전하며, 오늘도 이야기 한 잔 건넨다. 건배.

위스키 한 잔의 시간

박주영

지수가 조용한 골목에 위치한 위스키 바를 발견한 것은 우연이었다. 번화가로 나가 저녁 식사를 한 후 숙소로 걸어가던 길에 골목으로 잘못 들어가는 바람에 길을 잃었고 두리번거리다가 그 비밀스러운 바의 문을 발견했다. 진한 주황색 철제문에는 영문 대문자로 J와 BAR가 첫줄에 그리고 소문자로 whiskey가 아랫줄에 쓰여 있었는데 문의 크기에 비해 글자 크기가 작은 편인 데다가 흰색이라 잘 보이지 않았다. 지수가 그곳 사람이라 길을 잘 알았다면 결코 발견하지 못했을 곳이었다.

모처럼 제대로 술을 마시고 싶다는 생각이 든 지수는 바의 문을 열고 들어갔다. 바 좌석이 일곱, 테이블 좌석이 셋.

일하는 사람은 둘이었다. 머리가 흰 남자와 젊은 남자.

나이 든 바텐더가 다가왔다.

처음 오셨죠?

네.

어떻게 알고…….

그냥 지나가다가 봤어요.

여기가 그냥 지나갈 길은 아닌데, 신기하네요.

저도 신기해요, 여기가.

지수는 바 좌석에 앉았다. 메뉴판이라도 주려니 했지만 아니었다.

주량이 어떻게 돼요?

네?

소주 한 병 정도는 마실 수 있지만 다음 날 좀 힘들다, 뭐 그런 식으로 이야기해 보세요.

혼자서 천천히 영화 보면서 와인 한 병 정도 마실 수도 있지만, 보통은 혼자서 와인 반병.

그럼 일단 오늘은 한 잔만 마셔요. 저희 바는 손님마다 마실 수 있는 주량이 정해져 있어요. 여기선 취하시면 안돼요.

이게 무슨 소리인가. 술은 취하려고 마시는 것 아니었던가. 지수는 어리둥절했다.

박주영

저희는 메뉴판이 없어요. 어떤 걸로 드릴까요?

제이 바는 그동안 지수가 갔던 그런 바가 아니었다. 진짜 위스키만 팔았다. 맥주도 칵테일도 없었다. 스물여섯인 지수는 지금껏 위스키를 제대로 마셔 본 적이 없었다. 아는 위스키 이름도 잭콕에 들어가는 잭 다니엘, 하이볼로 유명한 산토리 가쿠빈, 아버지가 선물로 받아 왔을 조니 워커, 발렌타인, 시바스 리갈 정도였다.

머뭇거리는 지수에게 바텐더가 위스키 몇 개를 추천해 주었고 병이 예뻐서 달모어를 골랐다. 기본 안주인 쿠키와 과자, 초콜릿이 나왔고 동그란 얼음덩어리가 든 위스키 한 잔이 나왔다.

지수는 위스키를 한 모금 마신 후 바를 둘러보았다. 위스키 병들이 책 욕심 많은 사람의 책장처럼 빼곡히 가득했지만 테이블 위는 깔끔했다. 모든 자리에 개인 조명등이 있었다. 슬기가 봤다면 멋진 여자라고 좋아했을 것 같은 스타일의 나이를 가늠하기 힘든 회색 머리 여자와 지수가 보기에 회사원이 분명해 보이는 정장 차림의 남자, 손님은 그렇게 둘이었다. 그들은 각자 혼자 앉아 있었다.

한 달 전부터 지수는 가족을 떠나 새로운 곳에서 일하게 되었다. 신도시에 만드는 시설물 관리를 위한 파견 근무였다. 모두가 꺼리는 자리에 자원을 한 지수에게 팀장은 무슨 고민이라도 있는 거냐고 물을 정도로 충동적인 결정이었다. 지수에게는 그걸 굳이 고민이라고 해야 할지 애매한 생각할 거리가 있긴 했다.

지수는 누구에게도 말하지 못한 것들이 있었다. 지수가 없는 지수의 과거 같은 것들. 그 이야기는 부모도 지수에게 직접 하지 않는 이야기였다.

지수는 그 이야기들을 한동안은 심리상담사에게 했다. 다들 지수가 잘 극복했다고 믿었고, 다시는 그 이야기를 하지 않았다. 극복이 말하지 않고 살 수 있음을 뜻한다면 지수는 극복했다고 할 수 있을지도 모른다. 하지만 지수는 그저 아무렇지 않은 척하면서 그들과 같은 선택을 하는 것이 자신의 선택일 수 없게 되었을 뿐이다.

충동과 우연이 맞물려 돌아가 결국 누군가가 가면 나머지 사람들에게 좋을, 그러나 아무도 가지 않아도 될 파견으로 낯선 도시에 왔다. 엄마와 아빠는 종종 찾아가겠다고 했고 지수도 한 달에 한 번은 집에 가겠다고 했지만 그 약속을 지키기에 너무 복잡한 경로를 거쳐야 하는 그런 곳이었다. 비행기나 기차로 도시와 도시를 건너는 데는 아무 문제도 없었

박주영

지만 공항이나 역에서부터 근무지까지가 문제였다.

근무지는 그 낯선 도시의 외곽에 있는, 이제 건물이 하나둘 생겨나는 신도시에 있었다. 신도시 옆의 신도시, 그 옆에 신도시 이런 식으로 신도시가 확장되고 있는 지역으로 몇 년 전 완성된 옆의 신도시 번화가까지 가는 대중교통 수단은 한 시간에 한 번씩 오는 마을버스가 다였다. 앱으로 택시를 호출하면 콜이 잡혔다가도 취소되었고, 외부에 나갔다가 지나가던 택시를 잡아서 타고 근무지 쪽으로 가자고 하면 허허벌판에 왜 가느냐는 질문이 돌아왔다.

회사에서 마련해 준 숙소는 황송할 정도로 좋았지만 인근에 작은 슈퍼 외에는 가게가 없었다. 엄마 아빠에게는 좋은 숙소와 아름다운 공원 산책길을 영상통화로 보여 주며 안심시켰다. 매일 어떤 식으로든 연락을 해야 했지만 출석부나 출근부 같은 거라고 생각하려 했다. 엄마 아빠에게는 생존 확인이었겠지만. 지수는 그때 이후로 단 한 번도 자신의 죽음을 생각한 적 없는 사람인데 왜 이렇게 되었는지 모르겠다.

*

일주일에 세 번 방문한 결과 제이 바는 혼자 와서 여유롭게 술 한잔하고 가는 사람들 위주였다. 혼자여서 더 편안한 바처럼 보여서 지수는 마음이 편해졌다. 손님들은 저마다 바텐더와 주종을 상의할 때 외에는 조용한 편이었다. 온더록스나 니트인 위스키 한 잔을 앞에 두고 자기 시간을 보냈다. 어떤 이는 그림을 그렸고 어떤 이는 노트에 뭔가를 썼고 어떤 이는 책을 읽었고 어떤 이는 음악을 들었다. 어쩐지 혼자여서 더 근사해 보이는 사람들이었다.

바에서 일하는 사람은 둘이었다. 오너로 보이는 바텐더와 파트타이머로 보이는 바텐더. 젊은 바텐더는 JUNE이라는 배지를 달고 있었다. 두 사람이 같이 있을 때도 있었고 둘 중 한 사람만 있을 때도 있었다.

젊은 바텐더는 오너를 선생님과 사장님으로 번갈아 불렀다. 오너는 인문학 전공의 교수같이 생긴 남자였다. 더 정확히는 그런 역할을 단골로 맡을 것 같은 중년의 배우처럼 생겼다. 그는 주문을 받을 때를 제외하고는 주로 책을 읽고 있었고 턴테이블 위에 엘피를 올려 음악을 틀었다. 턴테이블이 돌아가거나 멈추어 조용하거나, 그에 따라 시간이 흐르거나 멈추거나 달라지는 것 같은 기분이었다. 제이 바는 자기 자신과 술에만 온전히 집중하는 시간을 위한 공간이었다.

지수는 자신이 왜 이곳에 오려고 했는지 알 것 같았다. 혼자가 되는 것에 대해 생각해야 할 시간이었다. 지수는 늘 혼자라는 마음으로 살았지만 온전히 혼자였던 적이 없었다. 일거수일투족을 알고자 하는 엄마, 필요한 모든 것을 해 주려는 아빠. 그들은 거리두기가 불가능한 사람들이었다. 그들에게도 지수가 없는 시간이 필요했다. 그리고 오래전 사라졌지만 늘 함께 있는 듯한 친구들의 시간이 있었다.

*

제이 바를 알게 된 후 지수의 삶은 더 단순해졌다. 퇴근하고 집안일을 한 후 마을버스를 타고 번화가로 나가 저녁을 먹고 바에 가서 위스키를 한 잔 마신 후 걸어서 숙소로 돌아왔다.

오늘은 주인이 바 앞에서 시가를 피우고 있었다.

오늘은 장사를 안 하는데…….

지수가 돌아섰다.

들어와요. 그런데 오늘은 좀 다를 거예요.

네?

장사하는 날이 아니니 영업 방침 같은 건 지켜지지 않는다고. 괜찮아요?

술만 마실 수 있다면 그게 뭐든…… 괜찮다고 지수는 생각했다. 오늘은 그런 날이었다.

오늘은 내가 이야기를 하게 될지도 몰라요.

괜찮아요.

정말 괜찮겠어요? 혼자 있고 싶지 않아요?

오늘은 저도 아니에요.

잘 됐네요.

주인은 시가를 끄고 바의 문을 열었지만, 여전히 클로즈 푯말이 걸려 있었다.

바 테이블의 조명 하나만이 켜졌다. 엄마였다면 지수에게 무슨 일이 있는 거냐고 백 번도 더 물었을 것 같은 표정을 한 주인이 위스키를 꺼냈다.

오늘은 이걸 마셔요.

글렌피딕 30년이었다. 지수는 이제 알았다. 이쯤 되면 아주 비싼 거라는 걸.

내 술이에요. 그러니까 그냥 마시면 돼요. 나도 한잔할 거고. 이 술엔 사연이 있어요.

사연 있는 술이라……. 지수는 멋있다고 생각했다. 언젠가는 자신에게도 사연이 있는 술이 생겨날까.

자신과 지수의 잔에 위스키를 따른 후 주인이 말했다.

박주영

친구가 죽은 날이에요. 정확히는 친구가 되고 싶었던 사람이.

……

나는 친구가 아니어서 그 사람이 죽은 걸 아주 뒤늦게 알았어요. 막연히 우연을 몇 번 돌고 돌아 다시 만나게 될 거라고 생각하면서 살았어요. 그땐 둘 다 아주 바빴거든요. 새로 친구를 사귀려고 노력할 나이도 아니었어요. 있던 친구들도 멀어지고, 있는 친구도 정리하고 싶은 마음이 드는 시기였으니까.

그런데 왜 어떻게 친구가 되고 싶었어요?

그 사람은 참 열심히 살았어요. 책을 읽고 공부하고 가르치는 사람이었고 글 쓰고 그림을 그리는 사람이었죠. 돈을 버는 사람이었고 살림을 하는 사람이었고 아이를 키우는 사람이기도 했죠. 한 사람이 할 수 있는 삶의 양을 넘어서 사는 사람이었어요. 나도 비슷했지만, 나는 딱 내 생활을 버틸 만큼만 돈을 벌면 되는 사람이었고 나 하나를 돌보는 살림만 하면 되는 사람이었어요. 내가 그런 것들을 아무것도 하지 않아도 불편한 사람은 나뿐이었고 내가 부지런해지면 그 부지런을 느끼는 사람도 나뿐이라는 뜻이에요. 우리는 그렇게 다른 사람이었어요. 나이는 같은데 어떤 나이부터는 하루 24시간을 다르게 쓰면서 살아온 사람들이었어요.

그런데도 우리는 말이 잘 통했어요. 서로에게 서로의 삶을 강요하지 않았고 서로의 삶을 부러워하지도 않았어요. 솔직히 난 그 사람이 그렇게까지 열심히 살 필요는 없다고 생각했지만 그 사람이 자신의 이야기를 했을 때 내 입에서 나온 말은 참 대단하고 수고했다는 말이었어요. 그 사람이 내게 한 말은 정말 자유롭고 멋지다는 말이었고요. 우리는 주변 사람들에게는 정작 다른 이야기를 듣고 살아온 사람들이었어요. 사느라 바빠 그랬는지 우리가 살아갈 시간이 많다고 생각했는지…….

어느새 그의 잔이 비었고 그는 자신의 잔에 위스키를 따르며 말했다.

이건 그 친구가 마셔 보고 싶어 했던 술이에요. 고단한 하루를 끝내고 가족이 모두 잠든 밤에 혼자서 아주 좋은 위스키를 마시는 거야, 이왕이면 싱글 몰트로, 이를테면 글렌피딕 30년 같은 걸 딱 한 잔 마시는 거지, 라고 그 친구가 말했죠. 그때 난 그게 무슨 의미인지 정확히 몰랐어요.

출장에서 돌아오던 날 그 친구가 마시고 싶다고 했던 이 위스키를 샀어요. 30년을 숙성한 위스키는 면세 할인을 받아도 비쌌어요. 이걸 사면서 이 위스키를 따게 될 우리의 시간을 생각했어요. 내일 같은 건 걱정하지 않는 나이 든 미래. 만

박주영

나서 그 미래를 이야기하자, 생각하는 것만으로도 기분이 좋아졌어요. 그런데 그런 시간이 내 인생에서 완전히 사라졌죠.

나는 죽은 친구가 있을 수 있는 나이예요. 그 죽음이 처음도 아니었어요. 그보다 가까운 사람의 죽음도 이미 겪었으니까. 그런데도 나는 마치 죽음이 세상에 없는 것처럼 지우고 살았다는 걸 깨달았어요. 특히 나의 죽음을요.

지수도 생각했다. 자신도 죽음이 없는 것처럼 살다가 갑자기 죽음의 실체를 마주했던 거라고. 살아 있는 것은 축복도 저주도 아니고 일상이다. 그러다가 어느 순간 일상이 멈추는 것이 죽음이다.

그런 죽음은 참 미묘했어요. 기억이 한 줌밖에 되지 않았어요. 그런데 그걸 곱씹게 돼요. 모르는 사람의 죽음에 더 가까운 상태인데, 너무 슬퍼서 일상이 마비되거나 그런 것도 아니고 가엽거나 그러지도 않았어요. 열심히 살았던 사람이었고 그렇게 열심히 살아서 충분히 힘들었을 사람이니…….
그런데 그 사람이 살아 있다면 했을 일을 생각하게 돼요. 어쩌면 나이가 같아서 그런 것 같기도 하고…….

그 사람이 아직 살아 보지 않은 시간, 늘 상상만 하던 그 시간을 생각했어요. 그 한 잔의 위스키의 시간은 술을 살 수 있는 돈만으로도 시간의 여유만으로도 이뤄지는 것이 아니었어요. 위스키가 시간과 더불어 빚어내는 것들처럼 그 모든 것들이 조화로워야 이룰 수 있는 완벽한 시간을 의미한다는 걸 깨달았죠.

가족도 친구도 연인도 아니었던 타인에 가까운 사람의 죽음. 죽음의 소식조차 뒤늦게 알게 되는 그런 죽음이 그의 미래를 바꾸었다고 했다. 지금 살아 있어도 아무것도 바꾸지 않았을 사람의 죽음 때문에 그는 모든 것을 바꾸고 싶었다.

그러다가 여기까지 오게 됐어요.

지수는 바텐더가 말하는 여기까지의 여기가 궁금했다. 제이 바라는 공간, 시간, 그 막연한 여기에 지수도 다가가고 싶었다.

오늘 내 이야기를 아주 많이 했네요. 이거 마시고 이제 불필요한 건 잊어버려요. 원래 남의 이야기는 그렇게 하는 거예요.

필요한 이야기는 기억해도 되나요?

자기 방식으로요.

궁금한 거 물어봐도 되나요?

네.

지수는 그가 말하는 내내 생각했던 죽음 대신 다른 이야기를 했다.

박주영

여기 있는 책들은 다 뭐예요?

손님들이 읽다가 두고 간 책이에요.

기증?

아니요.

…….

분실물…….

책이 워낙 많아서…….

그런데 자세히 보니 책처럼 보이는 노트도 있고, 책이 낡은 것도 있고 새것도 있었다. 그리고 선반에는 프리free라고 손 글씨로 적혀 있었다.

어떤 손님들은 다 읽은 책을 두고 가기도 하고 노트나 메모를 두고 가기도 해요. 일종의 유실물 보관함. 일정 기간이 지나면 프리가 되죠. 그러니 여기 있는 거 다 보고, 가지고 싶으면 가져도 돼요.

주인은 공짜가 아니라 프리라고 표현했다. 지수는 프리를 자유로 해석했다. 이 공간에서 머물다가 언젠가 지수도 자유로워질 수 있을 것 같았다.

지수는 그 선반에서 『참을 수 없는 존재의 가벼움』을 꺼냈다. 그 책은 지수가 가지고 있는 『참을 수 없는 존재의 가벼움』과 달랐다. 출판사는 같았지만 이름이 무려 한자로 쓰여 있었다. 초판은 1988년, 그 책은 1993년 발행한 25쇄였고 책의 가격은 5,000원이었다. 지수가 태어나기도 전에 이 책은 이미 세상에 있었다.

그리고 지수 앞의 글렌피딕 30년도 그랬다. 위스키는 시간이다. 15년, 16년, 20년, 30년. 오늘 만들어서 한 달 뒤 1년 뒤 먹는 술이 아니다. 섬세하게 시간을 쌓아 만드는 위스키. 지수는 이 술만큼의 시간도 살지 않았다. 이 책만큼의 시간도 견디지 않았다.

지수는 『참을 수 없는 존재의 가벼움』을 슬기의 동생인 로운에게 받았다. 슬기가 지수에게 선물하려고 사 두었던 책이었다. 그 시절 슬기의 글씨체로 지수에게 쓰는 메모가 면지에 쓰여 있었다.

로운을 다시 만난 것은 2년 전이었다. 지수와 나라는 외동이었고 슬기에게는 네 살 어린 동생이 있었다. 그 시절의 네 살 차는 꽤 큰 차이여서 함께 어울릴 일이 없었지만 지수는 그 아이를 기억했고 그 아이는 지수보다 더 지수를 기억했다. 그가 기억하는 지수는 누나의 유일한 친구였다. 어쩌면 그 아이는 지수를 나라로 착각하거나 또 나라와 지수를 합쳐서 생각하는 것 같았다. 하지만 상관없었다. 그건 내가 아

박주영

니라고 말할 필요가. 나라 대신 지수가 그곳에 있었다면 지수도 똑같이 했을 일이었으니까. 로운은 간간이 연락을 했고 아무렇지 않게 슬기 이야기를 했다. 로운과 같이 있을 때는 슬기도, 나라도, 죽음도, 그리하여 어떤 시간도 금지어가 아니었다.

그날 이후 지수는 바에서 『참을 수 없는 존재의 가벼움』을 읽기 시작했다.

*

제이 바가 있는 골목으로 들어갔을 때 바 건물 앞에 있던 여자가 지수를 불렀다.

부탁이 하나 있어요.

무슨…….

문자 하나만 보내 줄래요. 요금이 100원 나갈 테고 대신 제가 위스키 한 잔 살게요.

지수는 이건 무슨 새로운 사기인가, 싶었다. 바에서 자주 보던 여자였다. 머리카락은 회색이었고 화장이나 옷차림이 꾸민 듯 안 꾸민 듯 자연스럽게 완벽해서, 프랑스 여자라는 단어가 떠오르는 사람이었다. 그녀를 보면 지수는 가끔 나이를 상상해 보곤 했다.

나도 했어요. 사기 아니에요.

어디서 나타났는지 파트타이머 바텐더인 준이 말했다.

도망도 못 가요. 저기 큰길에 있는 베이커리 사장님이세요.

그렇게 지수는 화니를 알게 되었다. 멀리서 볼 때도 그랬지만 가까이서 보아도 화니는 나이를 가늠하기 어려웠다. 피부가 맑고 깨끗해서인지 언뜻 보았을 때는 탈색하고 회색으로 염색한 건 줄 알았는데 진짜 흰머리였다. 고등학생 딸을 위해 아이돌 서바이벌 프로그램 투표를 부탁하는 것을 보면 최소 마흔 언저리일 것 같았다. 지수는 화니가 시키는 대로 #으로 시작되는 번호로 누군지도 모르는 사람의 이름 네 글자를 보냈다.

지수가 바에 앉자 옆자리에 화니가 앉았다.

자기야, 나, 이 자기랑 토크 좀 해도 돼?

화니가 준에게 물었다.

사장님이 언제부터 저한테 그런 허락을 받으셨다고. 그 허락은 이 자기한테 받아야 하는 거 아니에요? 이 자기는 조용히 혼자 있고 싶을 수도 있잖아요.

화니가 지수의 얼굴을 바라보았다.

사람 입이 술만 마시라고 있는 게 아니에요.

박주영

어쩐지 오늘은 다른 손님도 없었다.

내가 이 가게에 기여도가 좀 높잖아. 술은 뭐 어디 다른 데서도 마실 수 있잖아. 근데 여기 안주 이거 나만 만드는 거거든.

사장님 베이커리에 저희 기여도가 높은 게 아니고요?

바텐더가 말했다.

윈윈이긴 하지.

뭐 그런 걸로 하죠.

저 자기는 너무 깐깐한 매력이 있어.

그게 무슨 말이에요?

좋은 쪽으로 들어.

아, 네.

근데 나는 여기 와서 꼬박꼬박 술 마시는데 자기는 우리 베이커리 안 오잖아.

저 출근하면 베이커리 마칠 시간이거든요.

아, 그래? 자기 출근 시간이 그렇게 늦었어?

네.

오해할 뻔했네.

사장님은 너무 허술한 매력이 있으세요.

주고받는 이야기를 멍하니 듣고 있던 지수에게 바텐더가 물었다.

뭐 마실래요? 오늘은 선생님 쉬는 날이에요. 제가 추천해
드릴까요?

그때 화니가 끼어들었다.

내가 사는 거니까 추천해도 돼요?

지수는 고개를 끄덕였다.

피트 위스키 좋아해요?

뭐죠, 그게…….

설명은 깐깐한 이 바텐더가 하실 거고, 보모어 15년으로
해요. 피트peat가 처음이라니까.

바텐더가 웃더니 설명을 시작했다.

보모어Bowmore는 게일어로 '큰 모래톱'이라는 뜻이에요.
스코틀랜드 아일라섬에서 만드는 위스키예요. 가장 오래된
아일라 증류소 중 하나고요. 피트가 은은한 편이에요.

피트는 석탄 같은 거 아니에요?

네, 재 맛이랄까. 어둡고 우울한 매력이 있죠. 사장님은 오
늘도 같은 걸로?

바텐더가 화니에게 물었다.

아니, 오늘은 나도 보모어로.

바텐더가 보모어를 지수와 화니 앞에 놓았다.

마음에 안 들면 다음 잔은 다른 걸로 마셔요.

화니가 말했다.

위스키를 잘 몰라요.

이분은 아직 한 잔이 리미트세요.

바텐더가 말했다.

자기는 평생 모범생으로 살았나 봐. 나는 자기 나이 때 술을 제일 많이는 아니고 어쨌든 그때 정말 많이 마셨던 거 같은데……. 내가 술을 먹는 건지 술이 나를 먹는 건지. 내 딸 나이랑 비슷할 거 같으니까 내가 말을 좀 짧게 할 수도 있어요. 이제 우리 아는 사이니까.

이분은 나를 몇 살로 보는 걸까, 지수는 생각을 했다. 아까는 딸이 고등학생이라고 했던 것 같은데.

부담스러우면 물을 조금 섞어 마셔도 돼요.

…….

난 니트neat로만 마셔요. 니트가 깔끔한, 정돈된이라는 뜻이잖아요. 난 위스키를 한 잔 마시면서 그런 기분을 느끼고 싶거든. 모든 일을 끝내고 나에게 온전한 휴식을 주고 싶을 때 한두 잔 정도 마시면 좋아. 이렇게 앉아 있으면 근심이 사라지는 거 같아.

무슨 근심요?

신경이 가닥가닥 뻗치는 느낌이 들 정도로 너무 예민해질 때 위스키가 그 신경을 좀 느슨하게 만들어 줘.

잠시 휴대폰을 쳐다보던 화니가 이어 말했다.

그리고 나에게 선물을 주는 것처럼 위스키를 사기도 해. 내일은 위스키 좀 사야겠네.

네?

아까 문자 투표 보낸 애, 데뷔조에 들었어.

아, 네. 따님이 좋아하겠네요.

그렇겠지.

그 후 화니는 말이 없었다. 그리고 두 사람은 바가 문을 닫을 때쯤 같이 나왔다.

집이 어느 쪽이에요?

화니가 물었다. 지수가 숙소가 있는 방향을 가리켰다.

그쪽에도 집이 있어요? 재개발 때문에 다 이주하고 허물어지지 않았나? 혹시 거기 새로 생기는 건물이랑 관련된 일하는 거예요?

지수가 고개를 끄덕였다.

공부를 되게 잘했나 보다. 거기 아무나 들어가는 데 아니지 않아요? 그래도 낯선 곳에 어린 사람이 혼자 힘들겠네. 조심해서 들어가요.

지수는 달빛이 유난히 밝은 밤의 거리를 걸어 숙소로 돌아왔다. 어쩐지 엄마와 친구가 동시에 생각나는 밤이었다.

*

　제이 바에 도착해 지수는 발베니 위스키 한 잔을 주문했다. 바텐더는 14년 캐리비안 캐스크를 추천했다. 지수는 지금까지 마셔 본 위스키 중에서 자기 취향은 바닐라 향과 꿀맛이 나는 부드러운 발베니 쪽이라는 걸 알게 되었다. 위스키를 한 모금 마시니 목부터 천천히 가슴까지 뜨거워졌고 마음까지 따뜻해지는 기분이었다.

　그때 엄마에게서 전화가 왔다. 보자마자 방해받고 싶지 않다는 생각이 제일 먼저 들었고 그런 생각을 하는 자신에게 지수는 살짝 당황했다. 지수는 바깥으로 나가 전화를 받았다.

　잤어?

　아니.

　심심한 대화를 나누다가 전화를 끊었다. 길모퉁이에 서 있는 화니가 보였다. 누구? 라고 묻는 표정으로 화니가 자신을 바라보는 것 같았다. 화니가 지수 쪽으로 걸어왔다.

　자기 때문에 나 기다렸어, 방해 안 하려고.

　…….

별말 못 들었어.

그러면서 화니는 에어팟을 가리켰다. 거기까지만 했으면 마음이 꽤 무거워졌을지도 모른다.

잘 지낸다는 말을 뭘 그렇게 시큰둥하게 해?

네?

자기 잘 살고 있잖아. 매일매일을 충실하게 위스키 한 잔 씩 꼬박꼬박 마시면서.

그러면서 화니가 웃었는데 지수는 화니보다 더 크게 웃고 말았다.

들어가요. 오늘 꺼 벌써 마셨어?

네, 거의.

음, 그래요? 오늘 레벨 업 하자.

지수와 화니가 바에 나란히 앉자 준이 말했다.

뭘 좀 더 마실 거예요? 오늘은…….

자기는 역시 센스가 있어.

화니가 젊은 바텐더에게 말했다.

웬만하면 한 잔만 마셔요. 딱 한 잔이 좋더라. 나이가 들 수록.

지수가 다음 잔을 뭐로 할까 고민하던 참이었다.

박주영

아참, 자기들 오늘 시간 돼요? 오늘 내가 축하할 일이 있어서 자기들도 함께하면 좋겠는데…… 자기들이 아예 상관없는 일도 아니고…….

그렇게 지수는 영문도 모른 채 화니를 따라 제이 바의 또다른 공간으로 들어갔다. 제이 바의 뒷문을 열고 나가니 작은 마당처럼 보이는 공간이 있었는데 큰길에 있는 화니의 베이커리 건물 뒤쪽과도 연결되어 있었다. 집과 집으로 둘러싸인 공터는 건물들 사이에 있는 중정 같았다.

화니는 자신의 위스키 컬렉션 중 한 병을 꺼내 왔다. 대만의 싱글 몰트 위스키인 '카발란 솔리스트 올로로소 셰리'였다.

영화 〈헤어질 결심〉에 나온 위스키잖아요.

젊은 바텐더가 말했다.

아, 그래.

왜 가져 나온 거예요? 이건 사장님이 그렇게 좋아하시는 피트도 아니고.

우리 투표한 그 애 고향이 대만이잖아. 기념으로 샀지. 위스키 설명은 헤어질 결심, 잘하시는 우리 바텐더가 하시고.

그러니까 축하할 일이라는 게 그때 문자 투표한 서바이벌 그룹이 오늘 데뷔를 했다는 것이었다.

아무튼 축하합시다.

각자의 잔에 위스키를 채우고 화니가 준비한 간단한 음식들을 먹었다.

꿈을 이루었으니 지금은 축하해야 할 일이 맞는데 앞으로 기쁨만 있을지는 모르겠네. 걔들처럼 성적 위주인 곳도 없지. 음원 순위, 음반 판매량, 연말 시상식 등등. 애들 나이를 보면 더 기가 막히지. 고등학생이 대부분이고 중학생인 아이도 있고 근데 연습생은 또 언제부터 했는지 몰라. 20대 중반만 되어도 아이돌로 데뷔하려면 늙은이 취급받고. 무서운 데야, 이 세계가…….

어떻게든 해내는 모습을 보여야 하는 곳. 욕심이 있으면 있는 대로 더 잘하고 싶어서 더 높이 올라가고 싶어서 그런 일들이 마음 같지 않아서 힘든 곳. 욕심이 없으면 없는 대로 이래도 될까, 이렇게 사는 게 무슨 의미일까 싶어 힘든 곳. 시간은 정해져 있고 높낮이가 한눈에 보이고 한계는 점점 더 분명해지고 될 듯 말 듯 되지 않고, 하지만 여전히 어떤 순간은 너무 행복한 곳. 그것 때문에 견디지만 그것 때문에 미안하고 슬퍼지는 곳이라고 했다.

근데 걔들만 그런 게 아니라 요즘 애들 사는 게 다 좀 그래 보여. 자기가 더 잘 알겠지만…….

화니가 지수를 쳐다보았다. 화니가 이야기하는 건 아이돌

인데 그 이야기를 듣던 지수는 갑자기 눈물이 쏟아질 것 같았다.

아무것도 되고 싶지 않았고 그저 거기에 존재하기만 했어도 되었을 나이, 지수와 친구들도 치열했다. 지수는 성적이 남들보다 좀 좋았던 것을 제외하면 평범했다. 사춘기에는 적당히 화나 있었고 삐져 있었다. 세상이 늘 심심했다. 슬기와 나라를 만났을 때만 재밌었다. 아무도 모르는 자신들의 이야기가 있다고 믿었다. 많이 웃었고 많이 울었다.

중학교 3학년 여름방학 지수는 특목고 입시 준비를 위한 기숙 학원에 들어갔다. 여름방학이 끝났을 때 지수의 세상이 완전히 달라져 있었다. 하지만 지수는 달라진 세상을 그대로 살아 냈다. 슬기와 나라의 죽음을 알고도 그 무엇도 게을리하지 않았다. 하던 대로 살았다. 그래야 할 것 같았다. 슬기도 나라도 지수가 그래야 하고 그럴 수 있다고 믿었기에 자기들끼리만 이 세상을 떠났다.

근데 자기 표정이 왜 그래? 무슨 일 있어?

화니가 옆에서 걱정스러운 표정으로 지수에게 속삭였다.

엄마랑 싸웠어?

화니의 말에 지수는 웃어야 할지 울어야 할지 몰랐다.

엄마는 지수가 그 애들과 그렇게 친한 줄 몰랐다. 유치원부터 친구였고 같은 아파트에 살다가 이사를 간 슬기는 중학교가 달랐고, 지수와 같은 중학교에 다니는 나라는 사는 동네가 달랐다. 엄마는 그 애들이 죽었을 때 딸의 친구가 죽었다는 생각을 하지 못했을 것이다. 우리 아이의 동창 중 하나, 한때 이웃이었던 여자의 아이가 죽었다는 거리감을 유지한 채 객관적으로 우리 아이에게는 이런 일이 없어야 한다고 생각했다. 세상의 비극과 나의 비극이 그렇게 가까운 줄 엄마는 몰랐다. 그래서 엄마는 무심코 말했다. 네가 그 애들이랑 친구가 아니어서 다행이라고.

지수가 아니었다면 슬기와 나라는 만나지 못했을지도 모른다. 그랬다면 지금 슬기와 나라는 살아 있을지도 모른다. 친구는 아니겠지만. 어떤 가정들이 때로는 죄책감이 되고 때로는 배신감이 되어 지수 안에서 자라났고 마침내 폭발했다. 악착같이 버텼는데 그 애들이 생각했던 미래가 되려고…… 죄책감, 두려움, 그리움이 엎치락뒤치락하며 경쟁하던 시간들.

화니가 지수의 등을 두드리며 말했다.

무슨 일인지 모르겠지만 이거 마시고 잊어버려. 영원히 잊을 수는 없어도 지금은 잊어. 어제도 내일도 생각하지 말

박주영

고 오늘만 생각해. 오늘 잘 살았어, 그러면 마셔도 되는 거야.

제이 바에서 위스키를 마시는 밤들은 느리게 흘러갔다. 그렇게 지수가 그곳을 떠날 시간이 왔다.

*

지수는 그곳을 떠나며 제이 바에 자신의 2012년산 『참을 수 없는 존재의 가벼움』을 두고 왔다. 대신에 그 바에서 자유 로워지길 기다리던 1993년산 『참을 수 없는 존재의 가벼움』 을 가지고 왔다. 그리고 자기 나이와 비슷한, 사연 있는 위스 키를 갖게 되었다.

제이 바를 마지막으로 갔던 날 화니를 만났다.

이게 뭐예요?

선물. 자기 이거 좋아하지 않아?

동그란 통에 담긴 발베니 16년이었다.

이거 내가 10년 전 쯤에 산거야. 이게 16년이니까 자기 나 이랑 대충 비슷하겠네. 지나거나 다가올 생일 선물쯤 될 줄 알았는데 이별 선물이 되었네.

위스키 선물은 처음 받아 봐요.

잘됐어. 날 다르게 기억하겠지. 이상한 아줌마가 아니라 위스키 처음 선물해 준 사람으로. 그동안 술 친구 해 줘서 고마웠어.

조명을 받고 촘촘히 서 있는 위스키 병들, 투명한 잔들, 무뚝뚝하지만 심플하게 다정한 오너, 상냥하지만 단순한 바텐더, 우울하고 활기차고 멋진 화니, 그리고 프리해지길 기다리는 분실물들. 지수는 누구에게도 제이 바에 대해 이야기하지 않았다. 그 공간에서 만나지 않은 사람이 그곳에 있는 지수를 생각하게 하고 싶지 않았다. 그곳에서는 누구도 신경 쓰고 싶지 않았고 오로지 자기 자신으로서만 존재하고 싶었다. 그 시간은 미래를 생각하지 않는 오늘의 지수의 과거이자 추억이었다.

세상이 모두 잠든 것 같은 밤이면 지수는 위스키를 고른다. 오늘은 화니에게 선물받은 10년 된 발베니 16년이다. 리델 스템잔에 따르고 니트로 마신다. 천천히 아주 천천히 향과 맛, 그리고 시간을 느낀다. 서른이 되면 지수는 발베니 30년을 살 생각이다. 언젠가는 위스키 증류소 투어를 갈지도 모르겠다. 오로지 나와 내가 선택한 것만 있는 위스키 한 잔의 시간이 지수에게는 필요하다.

박주영

가장 좋아하는 XX를 발견하는 일로 시간을 보낸다. 가장 좋아하는 책, 영화, 가수, 배우, 음식, 그리고 술……. 그런 것들에 아낌없이 시간과 돈을 바쳤다. 이제는 그런 것에 바치는 돈보다 시간이 더 아까울 나이가 되었다. 시간과 에너지를 쓰는 건 점점 더 소중하고 재밌는 것에만 가능해진다.

나는 어릴 때부터 싫어하는 일을 하면서 인생을 소모하지 않겠다는 마음으로 살았지만 그렇게 살다 보면 마주하게 되는 모퉁이가 있다는 것을 이제는 안다. 이것도 저것도 겪어본 후에 도달하게 되는 꼭짓점도 있다는 말이다. 뭐든 적당히가 좋지만 '적당히'를 안다는 건 어려운 일이다. 그리고 그것이 반드시 정답도 아니다. 뭐든 끝장을 본 후에야 되돌아 나오게 되는 반환점도 있다는 얘기.

위스키에 대한 소설을 썼지만 가장 좋아하는 술이 위스키라고 단언할 수는 없다. 같이 먹는 음식에 따라, 누구랑 마시느냐 혼자 마시느냐, 그리고 분위기, 장소, 계절, 시간에 따라 어울리는 술이 있기 마련이니까. 하지만 내가 이상적으로 생각하는 술과 함께하는 궁극의 시간이 있다.

이 소설은 그런 시간의 시작에 관한 이야기이다.

맥주의 요정

서진

"이 맛이 아니야."

나는 송글송글 물이 맺힌 맥주잔을 테이블에 탁, 내려놓으면서 말했다. 편의점에서 새롭게 출시된 맥주를 종류별로 네 캔, 할인 행사가로 샀다. 이번이 마지막 캔이다.

"뭐가 부족한 건데?"

아내가 물었다.

"쓴맛이 더 필요하고 인공적인 단맛도 줄여야 해. 무엇보다 깊이가 부족해."

아내는 컵을 들어 조금, 아주 조금 마셔 보더니 눈을 찡그렸다.

"으아, 이런 걸 왜 마시는지 모르겠다. 차라리 몸에 좋은 야채주스를 마셔. 지난번에 내가 기른 비트와 당근으로 만들어 줬잖아. 주스에서도 깊은 맛은 난다고."

제주도에는 수제 맥주를 마실 수 있는 곳이 드물다. 꽤 이름난 양조장이 있긴 한데 대중교통으로 갈 수 없고, 차로 한 시간 정도를 가야 하기 때문에 누군가 운전을 해 주어야 한다. 아내에게 엄청 잘 보이면 운전을 해 주지만 그런 경우는 드물다. 딱 두 번, 술을 좋아하는 친구가 놀러 왔을 때 갔었다.

최근에는 편의점에서 파는 수제 맥주의 종류가 다양해졌다. 내가 좋아하는 건 아이피에이(IPA, Indian Pale Ale) 맥주로 호프가 많이 들어가 있고 도수도 높다. 남들은 아이피에이를 그냥 진한 맥주, 쓴 맥주라고 하지만 모르는 소리. 맥주마다 향과 맛에도 미묘한 차이가 난다. 아이피에이는 맥주 중에서도 깊은 맛을 잘 내는 편이지만 편의점에 파는 아이피에이 맥주 중에 내가 원하는 맛을 내는 건 찾기 힘들었다. 이번에도 마찬가지.

"원하는 맛을 찾을 수 없다면 직접 만들어 보지 그래? 수제 맥주는 직접 만드는 맥주 아냐?"

아내가 말했다. 왜 내가 그 생각을 못했을까?

나는 당장 컴퓨터를 켜고 조사에 들어갔다. 맥주 만드는 법이라……. 검색을 해 보니 블로그의 글과 동영상이 꽤 많았다. 나처럼 직접 맥주를 만들고 싶어 하는 사람이 한둘이 아니라는 이야기다. 캡슐을 넣으면 뚝딱 만들어 주는 전자 제품도 있지만 비싸서 통과. 원액을 넣어 끓이면 완성이라고 홍보하고 있는 것은 깊은 맛이 나지 않을 것 같아서 통과. 결국엔 처음부터 끝까지 가장 원초적인 방법으로 만들기로 했다.

제조 맥주 전문 쇼핑몰을 발견하고 아이피에이 맥주를 10리터 만들 수 있는 재료를 구입했다. 몰트와 호프, 이스트가 정량으로 들어 있어서 제조만 하면 되는 거다. 500밀리리터 한 잔에 1,500원 정도로 만들 수 있으니까 수제 맥주보다 훨씬 저렴하고 편의점 맥주보다도 저렴하다. 함께 구입할 수 있는 물품 목록을 살펴보았다. 처음 만드는 거니까 발효조가 필요하고, 맥주를 담을 플라스틱 병도 필요하다. 비중을 재는 기계와 온도계…… 결국 재료비보다 두세 배 비싼 기구까지 장바구니에 담았다. 괜찮다. 어차피 계속 만들어 먹을 테니까 기구에 돈을 아끼지 말자. 도서 산간 추가 배송비가 아깝지만 눈 딱 감고 주문 완료.

배송이 완료될 때까지 구매 후기를 읽고 동영상을 봐 가며 어떻게 맥주를 만드는지 연구했다. 맥주 양조장 투어를 가 본 적이 있어서 필요한 것들과 그 과정은 대충 알고 있었다. 기계가 알아서 끓여 주고 혼합해 주는 게 아니라 사람이 직접 다 해야 된다는 걸 빼고는. 이름을 정하면 맥주의 실체가 생긴다. 내가 만든 맥주의 이름은 뭐로 할까 고민하다 동네 이름을 따서 '신풍아이피에이'로 정했다.

택배가 도착했다. 동봉된 설명서를 대충 읽고 동영상에서 본 대로 맥주 만들기에 돌입했다. 설명서엔 상온 20도 내외에서 만들 것을 추천했다. 봄에서 여름으로 넘어가는 6월 초순이라 맥주를 만들기에 더없이 좋은 기온이었다. 택배 박스에서 가장 큰 부피를 차지하는 건 몰트였다. 맥주의 주 원료가 보리인 건 알고 있었지만, 싹을 틔운 후 갈아서 사용한다는 건 재료를 보고 알게 되었다. 이건 다 준비되어 왔으니까 커다란 냄비에 넣고 끓이면 된다. 조리용 온도계로 온도를 68도 정도로 맞추고 커다란 국자로 저었다. 녹말 성분에서 당분을 뽑아내는 과정이다. 이 온도에서 당화 효소가 활성화된다.

"술을 만드는 거야, 아님 식혜를 만드는 거야? 너무 달달한 냄새가 나잖아?"

옆에서 지켜보던 아내가 말했다.

"식혜나 맥주나 재료가 비슷하긴 하지. 맥주는 과학이야. 정량의 재료와 온도, 그리고 시간을 맞춰 주면 누구나 만들 수 있다고."

인터넷에서 주워들은 말을 했는데, 브루 마스터가 된 기분이 들었다.

"원액 같은 거 넣고 팔팔 끓이면 되는 거 아니었어?"

"그건 3분 카레를 데우는 방식이지. 이렇게 한 시간쯤 저어야 해. 캡슐로 간편하게 맥주를 만드는 제품도 나왔던데 그걸 사 줄래?"

아내는 아무 대답이 없다. 아차, 호프를 넣을 시간을 넘길 뻔했다. 쏩쓸한 향이 나는 덩굴식물의 열매인데 사료 모양으로 냉동 포장되어 있었다. 종류가 두 가지인데 하나는 끓일 때 넣고, 나머지 하나는 불을 끄기 직전에 넣으라고 했다. 자, 여기 까지 완료. 이제 아내의 도움이 필요한 시간이다.

"여기 좀 잡아 줘!"

커다란 면포에 끓인 몰트를 부었다. 차가운 온도에서 재빠르게 식혀야지 세균에 오염되지 않는다고 했다. 싱크대에 얼음을 잔뜩 넣고 그 안에 냄비를 넣은 후 보자기에 든 액체를 쭉쭉 짜냈다. 어깨와 허리가 뻐근했지만 내색은 하지 않았다.

"이제 다 된 거야?"

"진짜 술이 되는 과정은 지금부터야. 발효를 시작해야 알코올 성분도 나오고 탄산가스도 생기지."

소독을 완료한 발효조에 면포로 짜낸 맥즙을 넣고 효모를 넣은 후 뚜껑을 닫았다. 발효조는 커다란 페인트 통처럼 생겼는데 아래쪽에는 플라스틱 수도꼭지가 달려 있고 위쪽에는 에어록이 달려 있다. 수도꼭지로는 맥주를 쉽게 따라 낼 수 있고 에어록을 통해서는 탄산가스가 빠져나가게 되어 있다.

"얼마를 기다려야 해?"

"한 열흘 정도?"

"그렇게 오래?"

"김치도 익을 때까진 시간이 필요하잖아."

"하긴."

발효조에 맥즙이 반 넘게 차 있어서 무거웠다. 그걸 들고 창고에 갖다 놓았다. 온도계를 보니 약 18도. 밤에는 내려가고 낮에는 오르겠지. 뭐, 옛날 사람들이 술을 만들 때 냉장고 따위는 없었을 테니까 나도 친환경적인 방식으로 맥주를 만드는 거다. 신풍아이피에이는 제주 암반수를 이용해 돌 창고에서 자연 숙성합니다. 그럴듯하다.

서너 시간 동안 가스레인지 앞에서 힘을 썼더니 온몸이 땀에 젖어 버렸다. 샤워를 하고 냉장고를 뒤졌다. 맥주가 한 캔 정도는 있을 것 같은데……. 김치 통 뒤에 튀어나온 파란색 캔이 보였다. 카스지만 괜찮다. 얼마 전에 놀러 온 친구가

서진

사 놓은 것 같다. 맥주는 유리잔에 따라 마시는 게 나의 철칙이지만 뚜껑을 딱, 따서 벌컥벌컥 들이켰다. 속이 뻥, 뚫리면서 온몸에 알코올 기운이 퍼졌다. 몸이 스르르 녹는 기분이 들었다. 이래서 땀 흘린 뒤에 맥주를 마셔야 하나 보다.

제주로 내려가 살겠다고 하니 다들 말렸다. 한 달 살이나 1년 살이를 해 보고 결정해도 늦지 않다고 했다. 우리처럼 대책 없이 짐을 싸 들고 이사를 했다가는 돌아올 곳이 없어 미아가 되는 경우가 많다나? 제주도는 여행할 때야 좋은 곳이지 사는 데는 힘든 곳이라고 했다. 다들 제주도에서 오래 살아 본 것처럼 똑같은 반응이었다.

나의 계획에 찬성한 것은 아내뿐이었다. 5년 동안 살아왔던 빌라 전세를 빼는 것도 찬성, 대부분의 짐을 버리고 차에 실리는 것만 들고 가는 것도 찬성이었다. 자신은 어디서 그림을 그려도 상관없다고 했다. 제주도 레지던스 프로그램에 당선된 기분이라고 했다. 눈부신 핑크빛 배경의 추상화만 그리다가 다양한 풀잎 가득한 그림을 그려 상업적인 작가로 거듭날 거라나?

나는 일을 그만두었기 때문에 실업자 신세였다. 제주로 내려가면 일자리를 구하기 더 힘들 수도 있다. 온라인으로 할 수 있는 일은 있겠지만 고정 수입은 줄어든다. 실업수당을 받고 저금해 둔 것을 조금씩 까먹으면서 어떻게 살아가야 할지 모색한다는 게 나의 계획이었다. 딱히 계획도 아니지만 아내처럼 대책이 없는 사람하고 살면 한쪽이라도 계획을 세워야 하는 것이다.

제주에 정착한 친구 부부가 있다는 게 우리의 유일한 믿는 구석이었다. 혜정은 아내의 같은 과 친구였는데 남편과 함께 펜션을 운영하고 있었다. 우리는 해마다 혜정의 펜션에 놀러갔다. 함께 바비큐 파티도 하고, 남편이 낚시로 잡아 온 물고기를 먹기도 했다.

혜정의 소개 덕분에 저렴한 집을 구할 수 있었다. 2,000평 귤밭 한가운데 있는 작은 농가다. 작은 방 두 개에 외부 화장실, 구멍이 숭숭 뚫린 창고, 집 뒤편에 있는 텃밭. 제주 생활이라고 하면 누구나 떠올릴 법한 이상적인 돌집이었다. 잔소리가 심한, 제주 사투리로 말씀을 하서 잘 알아들을 수 없는 집주인 할머니만 빼면 나쁘지 않은 곳이다. 아무리 크게 음악을 틀어 놓아도 뭐라고 하는 사람도 없고, 불을 피워 고기를 구워 먹는 재미도 있다. 밤에는 바람 부는 소리밖에 들리지 않고 아침엔 새소리 때문에 잠에서 깬다.

아내는 텃밭을 가꿨다. 상추부터 시작해 바질과 루콜라,

방울토마토와 피망……. 자기가 좋아하는 것을 길러서 먹고, 친구 부부에게도 나눠 주었다. 도시에서도 화분에 그런 것들을 길렀지만 늘 아쉬웠는데 이곳에서는 맘껏 기를 수 있어서 좋다고 했다.

물론 단점이 있긴 하다. 겨울엔 기름보일러를 빵빵 틀어야 온기가 깃들고 여름엔 습해서 온갖 것에 곰팡이가 핀다. 모기와 파리도 많다. 귤밭에 농약을 치는 날엔 대피를 해야 하고 눈이 오면 도로가 얼어붙어 꼼짝없이 갇혀 있어야 한다. 편의점도 멀고 간단한 장을 볼 수 있는 슈퍼마켓도 차를 타고 15분은 가야 한다. 당연히 수제 맥줏집은 근처에 없다. 그 흔한 생맥주를 마실 수 있는 곳도.

제주에서의 1년은 순식간에 지나갔다. 계절이 변할 때마다 새롭게 가야 할 곳, 해야 할 것이 생겨 정신이 없었다. 우리가 막 이주를 했던 여름에는 바다에서 놀았고 가을에는 오름을 올랐다. 겨울에는 한라산에 가야 했고 봄에는 고사리를 캤다. 1년이 지난 지금, 실업급여는 끝난 지 오래고 저금해 둔 돈도 슬슬 바닥을 보이고 있다. 아내는 상업성이 짙은 그림을 아직 그리지 못했다. 슬슬 위기가 다가오는데 우리 둘 다 그걸 못 본 척하고 있는 것이다.

마당에 나와 맥주를 마셨다. 제주도에 와서 술이 늘었다. 공기가 좋아서 덜 취하기 때문이라고 아내에게 말했는데, 사실은 맥주를 마시지 않고는 견딜 수 없을 정도로 심심했기 때문이다. 별이 촘촘하게 박힌 하늘이 보이는 밤이 되면 마당에 나와 맥주를 마시는 게 습관이 되어 버렸다. 캠핑 의자에 몸을 파묻고 천천히 술을 들이키면서 그냥, 하늘을 바라보는 것이다. 운이 좋으면 별똥별이 떨어지는 것을 볼 수도 있다. 운이 나쁘면 근처 축사에서 소똥 냄새가 슬슬 풍겨 오기도 한다. 운이 좋든 나쁘든 한 가지 사실은 확실했다. 이 세상엔 나와 한 잔의 맥주뿐이라는 것. 모든 사람들은 잠이 들었고 내일이 오지 않을 것만 같은 기분이 든다. 그런 기분이 들 때면 맛있는 맥주를 마시고 싶은 마음이 더욱 간절해졌다.

마지막 한 모금까지 다 마신 후, 슬며시 창고 문을 열고 벽을 더듬거려 전등 스위치를 올렸다.

"뭐 해, 거기서? 새벽 네 시야."

아내의 말에 화들짝 놀랐다.

"맥주가 잘 익고 있는지 걱정이 되어서 말이야."

위이잉, 파리 한 마리가 날아다녔다. 창고는 돌을 쌓아 듬성듬성 만들어서 여기저기 틈이 있었다. 바람이 잘 통해 서

늘하긴 해도 파리는 막을 수가 없었다. 달달하고 맛있는 게 있다는 소문이 온 동네에 난 게 틀림없다. 아내는 발효조에 다가와 에어록에서 올라오는 공기 방울을 자세히 살펴본다. 한 방울, 뽀르르르 기포가 올라왔다.

"맥주가 숨을 쉬고 있는 것 같아."

아내가 말했다.

"효모가 당을 분해해 알코올과 이산화탄소를 만들고 있는 거야."

"자기는 그게 문제야. 세상을 너무 논리적으로 생각하는 거."

"과학적인 사실을 말하는 건데."

"옛날 사람들이 과학적으로 분석하면서 술을 만들었겠어? 곡물이 썩었는데 발효가 되어 어쩌다 보니 만들어졌겠지."

"그렇긴 하지."

"걱정할 거 없어. 맥주의 요정이 지켜 줄 테니까."

"맥주의 요정?"

"자꾸 들락날락거리면 눈치가 보여서 맥주가 제대로 익지를 못하잖아. 걱정 마. 내가 요정을 불러 놨어. 우리가 자고 있을 때에도 발효가 잘될 수 있도록 날갯짓을 하면서 온도와 습도를 맞춰 주고 파리도 쫓아 줄 거라고."

"정말?"

말도 안 되지만 위안이 되었다. 잠자기 전, 아내는 이상한 이야기를 들려주곤 했다. 꿈속에서 낯선 동네에 몇 번이고 가는데 그게 전생에서 살던 곳이라는 둥, 우리가 제주도에 온 이유도 전생에 제주도에 살아서 그럴 거라는 둥, 섬에 살 수 있는 사람은 그럴 운명으로 정해져 있다는 둥, 그런 사람이 섬을 떠나면 살 수 없다는 둥……. 말도 안 된다는 걸 알면서도 잠결에 맞장구를 쳤다. 반론을 펼치면 이야기가 더 길어지기 때문에.

다음 날부터 우리는 갑자기 바빠졌다. 혜정의 시아버지가 오랫동안 요양 병원에 계시다 돌아가셨다. 혜정 내외가 급하게 육지에 가야 해서 우리가 펜션 청소와 관리를 맡아야 했다. 안심하고 다녀오라고 했지만 펜션의 일은 만만하지 않았다. 일주일 동안 세 동의 펜션에 각각 손님이 두 번씩 들락거렸고 그때마다 방 청소, 침구 빨래와 정리, 화단 가꾸기, 쓰레기 수거 등 쉴 새 없이 일이 밀려들었다. 리트리버 두 마리도 아침저녁으로 산책을 시켜 줘야 했다. 손님이 바비큐를 요청하면 숯으로 불도 피워 줬다. 밤이 되면 온몸이 땀과 숯 냄새에 찌들어 버렸다. 다들 왜 그리 먹고 마셔 대는지. 덕분에 손님이 남기고 간 맥주를 실컷 마셨다. 술은 정신적인 고통뿐만 아니라 육체적인 고통도 둔화시켜 준다는 걸 알게 되었다. 어떤 사람들에겐 술이 약으로 이용되는 것이다. 어차피 취하면 약효가 나니까, 맛의 깊이 따위는 중요하지 않을지도 모른다.

일주일 후, 혜정만 제주로 내려왔다. 남편은 할 일이 남아 있어서 나중에 돌아올 거라고 했다. 그리고 맥주의 1차 발효가 끝났다. 창고에는 은은한 맥주 향이 풍겼다. 파리는 보이지 않았다. 정말 맥주의 요정이 지켜 줬을지도 모른다. 소주한 컵 정도 따라서 마셔 봤다. 구수한 보리 냄새가 강하게 남아 있고, 호프 향도 느껴졌다. 술의 도수는 비중계로 발효 전과 후의 차이를 보고 계산한다. 예상 도수는 6.5퍼센트였는데 계산을 해 보니 6.8퍼센트니까 조금 더 세다. 2차 발효를 하면 도수가 약간 더 높아지겠지.

"맛이 어때?"

아내가 물었다.

"태초의 맥주가 이런 맛이었을 거다. 아직 끝난 게 아니야. 이제 병입을 하고 숙성을 해야지."

맥주를 권했지만 아내는 사양했다.

"이렇게 오랫동안 기다려야 하면 그냥 사 먹는 게 낫지 않아?"

"나를 데리고 한 시간 운전해 줄 수 있어? 안주로 피자는 내가 쏜다."

아내는 대답을 하지 않았다.

나는 1리터짜리 갈색 페트병에 조심스럽게 맥주를 담았다. 한 방울도 흘리면 안 된다. 수도꼭지에서 맥주가 찔끔찔끔 나와 시간이 많이 걸렸다. 조금 더 탄산화를 시키고 싶다면 설탕을 넣으라고 해서, 한 티스푼씩 넣고 뚜껑을 닫았다. 냉장고에 자리가 없어서 김치통을 꺼내 펜션 냉장고로 옮기고 겨우 열 병을 우겨 넣었다. 일주일 정도 더 기다린 후, 한 병씩 꺼내 마시면 된다. 드디어 신풍아이피에이가 탄생하는 거다.

회사는 언제나 그만두고 싶었다. 특히 월요일 아침과 금요일 오후에. 월급날이 가까워지면 회사를 그만두지 않은 걸 다행으로 여겼다. 웹 서비스를 개발하는 회사에서 팀장으로 프로젝트를 수행했다. 의뢰인들은 대부분 정부 자금을 지원받아 자신의 아이디어로 새로운 사업을 하는 사람들이었다. 초반에는 프로젝트에 대한 포부도 크고, 비즈니스 모델도 거창하지만 마감 기한이 다가올수록 서비스에 대한 확신도 줄어들고 기능도 자기가 원하는 만큼 구현되지 않아서, 어떻게

든 완성만 되기를 원했다. 결과가 좀 허술해도 보고서를 잘 만들어 주고 필요한 서류를 빠짐없이 준비해 주면 고마워했다. 그게 없으면 지원받은 돈을 다 토해 내야 하니까. 우리가 만든 웹 서비스는 지원 기간이 끝나면 더 이상 운영되지 않았다. 죄다 시한부였던 것이다.

회사 대표는 사업은 망하지 않는 게 성공하는 거라는 철학을 자랑스럽게 내뱉곤 했다. 직원들을 위해서 큰일이든, 작은 일이든 꾸준히 하는 게 중요하다나? 회사 생활에 큰 불만은 없었다. 동종 업계 평균보다는 약간 적은 월급이지만 야근이나 공휴일 출근은 없다. 월급도 밀린 적이 없다. 직원은 들어오고 나가고를 반복하지만 항상 예닐곱 내외다. 나는 초급 개발자에서 중급 정도가 되었지만 진짜 기술이 늘었는지는 의문이었다.

"민 팀장? 어떻게 이 회사가 돈을 버나 궁금하지? 3년 정도 일했으니까 우리 회사의 재정 상황을 대충 파악했을 거 아냐? 월급 주고 회사 굴리면 겨우 수지가 맞을 텐데 사장한테 남는 게 없잖아. 어떻게 외제 차를 타고 비싼 아파트에 사는지 궁금하지 않아?"

술자리에서 강 선배가 그런 말을 한 적이 있다. 선배는 파견 나간 회사에 스카우트되어 우리 회사를 막 떠난 참이었다. 대표는 강 선배를 두고 배신자라는 둥, 어차피 능력 없어서 해고하려고 했다는 둥 흉을 봤다. 나는 자연스럽게 선배의 자리로 승진했다. 대리에서 과장으로. 새로 나온 명함을 보니 업그레이드된 기분이 들 정도였다.

"금융 이익으로 돈을 버는 거야."

"주식이나 부동산 같은 거요?"

"뭐, 그런 것도 있고. 우리 같은 월급쟁이들은 모르는 금융의 세계가 있지. 비상장 회사에 투자한 것도 있고, 여기저기 낮은 이율로 돈을 빌려서 부동산 투기도 한 걸로 알고 있어. 그런 정보들은 자기들끼리 나누거든. 나도 이직을 해서 이사로 직함을 달았으니 슬슬 그 세계에 발을 담가 볼까 해. 너도 빨리 정신 차리고 거지 같은 회사에서 나와. 언제까지 쥐꼬리만 한 월급 받고 노예로 살래? 거기에 길들여지면 젊은 시절 훅 간다. 좀 기다려 봐. 내가 우리 대표한테 잘 보여서 자리 하나 만들어 줄 테니까."

선배는 직장을 옮기더니 다른 사람이 된 것처럼 보였다. 며칠 전까지 내가 잡을 수 없는 버그를 척척 잡아 주던 선배가 맞나 싶을 정도로. 나처럼 명함만 바뀐 게 아니었나 보다.

"선배는 돈 많이 벌어서 뭐 할 건데요?"

우리 둘은 동시에 맥주잔을 비웠다. 맥주에 소주를 타 먹

서진

는 것도 나쁘지 않았다. 어느 정도까지 취하면, 어떤 술이든 더 마시는 게 중요하다. 달아오른 기분이 가라앉지 않게.

"제주도에 그럴듯한 집을 지어 놓고 맥주나 마시며 살 거다. 오픈카를 타고 골프도 칠 거야."

어떤 맥주를 마시느냐가 중요하지만 선배는 이해 못 할 것 같아서 다른 걸 물어봤다.

"그러려면 돈이 얼마나 필요할까요?"

"한 20억 쯤?"

선배는 몇 년만 일하면 쉽게 벌 수 있는 것처럼 말했다. 평생 그만한 돈은 만져 보지도 못할 것 같은데.

"너는 뭘 하면서 살고 싶냐?"

"저요? 저는……. 그럴듯한 일을 해 보는 게 소원입니다."

"아프리카의 난민이라도 돕겠다는 건가?"

"아뇨, 그런 거창한 일 아니더라도 쓸모 있는 프로그램을 짜고 싶어요. 아무도 사용하지 않을 서비스를 개발하는 데 지쳤으니까. 컴퓨터 프로그래머 따위는 괜히 했나 봐요. 중국집 주방장이나 목수가 훨씬 보람 있을 텐데. 아니면 건물 청소부라도."

"나는 쓸모없는 프로그램이라도 편하게 짜면서 월급 받는 게 훨씬 좋은데. 너는 철이 덜 든 것 같다. 현대사회에서 가장 중요한 일은 네 가치를 높이는 거야. 리셋하는 게 아니고."

　나는 승진을 했는데 그럴듯한 일은커녕, 예전보다 더 쓸데없는 일을 했다. 쓸데없는 프로그램을 짜고 있는 팀원을 관리하는 것이다. 선배는 항상 강조했다. 일을 할 때, 가장 중요한 것은 어디까지 만들어야 그럴듯하게 보이는가라고. 너무 세세하게 잘 만들면 시간만 들고 표시도 나지 않는다. 그렇다고 엉성하게 만들면 클레임이 들어올 수 있다. 적당한 선, 그 선이 중요한 것이다. 승진을 하고 나서 나는 선을 조금 넘어 버렸다. 의뢰인이 알아차리지 못해도 있으면 좋을 법한 기능을 구현하기 위해 애썼다. 평소에 하지 않았던 야근까지 하면서 성능 개선에 나섰다. 아무도 요구하지 않았지만 나 스스로가 요구를 했다. 내 가치를 높이는 나만의 방식이었다.

　선배가 나가고 3개월이 지난 후 나는 회사를 그만두었다. 정확하게 말하면 잘렸다. 그만두고 싶다는 생각을 품기만 했지 용기를 내지 못했는데 허를 찔린 셈이다. 대표는 회사 사정이 좋지 않아서 인력을 반으로 줄일 거라고 했다. 그렇다면 서너 명이 잘려야 하는데 나만 잘렸다. 성능 개선에 시간을 쏟아부은 게 들킨 걸지도 모른다. 한 프로젝트는 기한을 넘길 뻔한 적도 있으니까. 얼마 되지 않지만 퇴직금도 받았고, 실업급여도 받을 수 있었다. 대표에게 고맙다고 해야 할 지경이었다.

결혼하고 7년 동안 한 번도 쉬어 본 적이 없었다. 일주일 정도는 회사에 다닐 때처럼 아침 6시 반에 눈이 저절로 떠졌다. 컴퓨터를 켜고 뭔가를 해야만 할 것 같은 기분이 들었다. 뭔가를 하긴 해야겠는데 그게 뭔지 도무지 알 수가 없었다. 수영장에 가 보기도 하고 목공 수업도 들어 봤지만 금방 그만두었다. 하루 종일 멍하니 유튜브를 보거나 게임을 했다. 쓸데없는 프로그램을 짜는 것보다 더 쓸모없는 사람이 된 기분이 들었다. 나의 가치를 높이려다가 그만 리셋을 해 버린 것이다. 그렇게 한 달쯤 흘렀을까? 강 선배에게 전화가 왔다.

"회사에서 짤렸다며? 쯔쯧. 이럴 줄 알고 나는 미리 나온 거잖아. 대표가 네가 생각하는 것보다 쪼잔해서 연봉을 올리기 전에 자른 거라고. 나만큼 주기는 싫었겠지. 박 대리가 네 자리를 대신해도 되니까. 아무튼 우리 회사로 와라. 자리 하나 만들어 줄게. 니 꿈인 보람 있는 일 같은 거 하게 해 줄게. 요즘 우리 회사에서는 메타버스와 블록체인을 이용해서 사업을 하고 있는 중이다. 미래 산업의 선두 주자가 되게 해 주마."

"저…… 실은 제주도로 이주를 하게 되었는데요……."

"그렇게 갑자기? 거기서 뭐 먹고살 건데? 충동적으로 갔다가 신세 망치는 경우 많이 봤다. 아서라."

"제주도에서 맥주나 마시며 살 겁니다."

"휴우, 너 정신이 있는 거냐 없는 거냐? 암튼 알았다. 좀 쉬고 나서 다시 생각해 봐. 알았지? 혹시 나 때문이냐?"

"네에?"

"제주도에 가는 거 말이야. 지난번에 내가 했던 말 때문이냐고?"

"무슨 말이요?"

선배는 다음 말을 잇지 못하고 얼버무리며 전화를 끊었다. 모르는 척했지만 기억은 하고 있었다. 선배의 꿈을 실업자인 후배가 먼저 이뤄 버려서 어이가 없었나? 20억 따위는 없어도 제주에 내려가서 잘 사는 걸 보여 주고 싶어졌다. 제주도가 성공의 최종 목적지라면 그냥 지름길로 먼저 가 버리는 거다. 긴가민가했는데, 선배의 전화를 받고 확신이 생겼다. 선배 때문이 아니라 선배 덕분이다. 오픈카에 골프는 치지 못하겠지만 맥주는 실컷 마실 수 있겠지.

맥주를 냉장고에서 2차 발효를 한 후 일주일이 지났다. 냉장고 문을 열 때마다 맥주를 마시고 싶은 충동을 참았다.

탄산이 빠져나가면 다시 담을 수가 없다. 참을성이 없다고 맥주의 요정이 화를 내서 맥주가 엉망이 될 수도 있다. 냉장고 안에 맥주가 익어 가고 있다는 걸 잊어버리자. 페트병에 식혜를 담아 놨다고 생각하자. 이런 생각으로 일주일을 버텼다.

펜션 부부를 초대해 맥주 시음회 겸 파티를 하기로 했다. 어색한 자리였다. 남편이 육지에서 돌아오지 않았던 것이다. 아버지가 돌아가셔서 처리할 일이 더 남았다고 했지만 아무래도 부부 사이에 문제가 있는 것 같다고 아내가 말해 줬다. 남편이 제주도에 사는 걸 지겨워했다나? 아무 탈 없이 사는 것 같이 보여도 사실은 복잡했나 보다, 다들 그렇듯.

"이 자리에 귀중한 시간 내서 와 주셔서 감사합니다. 신풍 아이피에이의 첫 시음을 해 보겠습니다."

박수가 짝짝짝. 한 사람의 자리가 비어 있었지만 아무도 언급을 하지 않았다. 진한 황금빛의 맥주를 두 사람에게 조심조심 따라 주었다. 거품이 넘치지 않게. 술과 거품이 8대 2 비율이 되게.

"맥주가 좀 뿌연데 마셔도 괜찮은지 모르겠네."

혜정이 말했다.

"여과되지 않은 천연 효모니까 안심하고 마셔도 돼."

효모가 탁하게 섞인 스타일을 뉴잉글랜드 스타일 혹은 헤이지아이피에이라고도 하지만 그걸 기대하고 만든 건 아니었다. 효모를 여과할 수 있는 기술이 없었을 뿐이다.

나와 혜정은 유리잔에 가득 담아, 아내는 3분의 1만 담아 건배. 우리는 천천히 맛을 음미했다. 입에서 화- 하고 퍼지는 향이 느껴졌다. 쌉쌀하고 달콤해서 입에 침이 살짝 고였다. 맥주가 목을 넘어갈 때 알코올의 기운이 느껴지면서 약간 텁텁한 맛도 남았다. 내가 마셔 본 그 어떤 맥주와도 맛이 달랐다. 뭔가 터프하다고 할까? 아니면 촌스럽다고 해야 할까? 원초적인 맛이었다.

"와, 이런 맛있는 맥주는 처음 마셔 봐."

혜정이 말했다.

"이게 맛있다고? 쓰기만 한데. 냄새도 지독하고."

아내가 말했다.

치킨을 준비할까 하다가 너무 기름진 것 같아서 소시지를 준비했다. 마당에 만들어 둔 화덕 위에서 천천히 그을리듯 구웠다. 약간 탄 것을 입에 넣자 톡, 하고 부서지면서 육즙이 튀어나왔다. 소시지가 짜서 맥주를 벌컥벌컥 더 들이켰다. 맛있는 맥주와 함께 먹으니 소시지의 맛도 더 좋았다. 아내는 텃밭에서 기른 채소로 샐러드를 만들었다. 하귤로 만든 드레싱이 새콤달콤했다.

1리터짜리 신풍아이피에이를 두 병 비웠다. 내가 석 잔 반, 혜정이 한 잔 반 정도를 마신 셈이다. 딱, 기분이 좋을 정도로 취해서 긴장이 풀어졌다.

"형님은 언제 온대?"

내가 말하자 아내가 발로 내 다리를 찼다.

"당분간 안 온대."

"응? 무슨 일 있었던 거야?"

아내가 더 놀란 척이다.

"제주도가 지긋지긋하대. 아버님이 요양원에 오래 계셨는데 잘 찾아뵙지도 못한 게 마음에 걸렸나 봐. 펜션 관리를 하느라 매일 바빠서 정신적인 여유가 없었대. 가족도 그렇고 친구들도 육지에 있으니까 자주 만나지도 못하고 감옥에 갇혀 있는 듯 답답했다나? 앞으로 어떻게 살아야 할지 생각할 시간이 필요하니까 휴가를 달래. 남들은 휴가를 제주도로 내려오는데 웃기지 않니?"

어쩐지 나의 미래를 듣는 것 같았다. 아직은 견딜 만한데 나도, 견딜 수 없는 시점이 올지도 모른다.

"그게 네 탓은 아니잖아? 같이 펜션에서 일하는데 너무하다. 큰 개들은 또 어떡하고."

"처음에 제주도에 내려오자고 억지를 부린 건 나니까. 가게도 문을 닫게 하고 말이야."

"형부가 하던 피시방은 어차피 장사도 잘되지 않았잖아. 친구들의 아지트로 변해서 골치 아팠다며? 제주도에 와서 낚시도 하고 자전거도 타고 재밌는 건 다 해 놓고는 너무한다."

나는 발로 아내의 다리를 슬며시 찼다. 아내는 탄산수를 꿀꺽 들이켰다.

"육지 바람 실컷 쐬면 돌아올 겁니다. 사람도 많고, 소음도 심하고 공해도 심해서 견딜 수 없어요. 맛있는 맥주 담가 놨다고 톡을 날리면 내일이라도 금방 달려올걸요?"

혜정은 피식, 웃었다.

"그럴까요? 사람들과 함께 일다운 일을 하고 싶다고 하던데……"

"펜션 관리가 얼마나 힘든 일인데! 이번에 너희 대신 일하면서 힘들어 죽는 줄 알았어. 제주도에 쉬러 온 사람들을 위해 편안한 공간을 마련해 주는 게 일다운 일이지 다른 게 있나?"

아내는 그럴듯한 말로 친구 편을 들어 주었다. 나도 가끔은 일을 하고 싶은 기분이 든다. 노예 생활이라고 해도 주말이 애타게 기다려지는 삶, 월급이 꼬박꼬박 나오는 삶. 통장

서진

의 잔고가 줄어들면 들수록, 아무 일도 하지 않고 지내는 게 불안해지는 것이다. 하지만 또다시 일을 한다면, 힘들고 지겨워지겠지.

인생이란 왜 이런 걸까? 제주도로 내려오면 육지로 가고 싶고, 일을 그만두면 일을 하고 싶고……. 도대체 내가 진짜로 원하는 게 뭘까? 맥주 따위에 깊은 맛을 찾으면서 내 인생엔 깊은 맛이라고는 도무지 찾아볼 수가 없다.

일찍 술자리를 파했다. 아내는 혜정의 집에 가서 한참을 더 이야기하다 밤늦게 돌아왔다. 나는 신풍아이피에이를 한 병 더 딸까, 하다가 참았다. 열 병 중, 여덟 병이 남았다. 고이 모셔 놓고 아껴서 마실 것이다. 하루하루 익을수록 맛이 어떻게 변하는지 확인해 가면서.

혼자 잠들었는데 아내가 돌아와서 깼다.

"생각보다 사태가 심각한 것 같아. 형부도 휴식이 필요하긴 해. 아버지가 돌아가셨으니까 정리해야 할 게 많을 거잖아. 어머니도 경황이 없고 다들 바빠서 시간 나는 건 형부뿐이라니까. 하지만 정말 돌아오지 않으면 어떡하지?"

아내가 말했다.

"설마. 돌아올 거야. 육지는 사람을 피곤하게 만드니까."

어머니가 편찮으셔서 보름 정도 육지에 올라간 적이 있는

데, 사흘째부터 소음과 매연 때문에 힘들었다. 지하철에 사람들도 너무 많아서 감당이 되지 않았다.

"혜정을 달래 주느라 혼났어. 혹시, 자기도 그런 마음이야?"

"으응? 어떤 마음?"

마음이 따끔해졌다.

"제주도가 지겨워?"

"아니. 이렇게 속 편안히 맥주도 만들 수 있는데, 뭐."

거짓말을 했다. 육지에 가면 더 쉽고 다양하게 만들 수 있다. 재료 가게에 직접 가서 고를 수도 있고, 이런저런 도움말도 주인장에게 들을 수 있고, 워크숍이나 동호회에 가입해서 활동할 수도 있다. 이것저것 다 귀찮으면 가까운 곳에 수제 맥주를 마시러 가면 된다. 하지만 막상 회사를 다니다 보면 그럴 여유가 없는 것도 안다. 시간도 있고, 돈도 있는데 몸을 움직이기가 귀찮은 것이다.

"나, 당분간 혜정이 일을 도와줘야 할 것 같아. 혼자서는 펜션 일을 하기 힘들잖아. 슬쩍 떠봤는데 수고비도 챙겨 줄 거래. 어차피 우리도 생활비가 슬슬 떨어져 가고 있잖아."

"그런가? 통장 잔고 따위는 보지 않는 걸로 아는데."

"뭐라는 거야? 나도 신경 쓰면서 살고 있다고. 자기는 좀 더 쉬어도 돼. 나는 1년 정도 무지 놀았더니 죄책감이 들어서 말이지."

"너무 열심히 하지 마. 제주도가 싫어질 수 있으니까."

"알아서 쉬엄쉬엄할 거야. 그림도 본격적으로 그릴 거고. 스케치도 좀 해 봤어."

"상업성이 짙은 걸로 부탁해."

우리는 동시에 조금 웃다가 조용해졌다. 내가 입을 열었다.

"제주도에 사는 게 왜 좋아?"

"맘대로 할 수 있는 게 많잖아. 누가 뭐라고 하는 사람도 없고. 먹고 싶은 채소도 직접 기르고, 낚시해서 물고기도 잡을 수 있고, 원하는 맥주가 없으면 직접 만들 수도 있고……. 누군가 간절히 원하던 삶을 살고 있는 것 같지 않아?"

"말이야 쉽지. 돈이 떨어지면 불안해서 견딜 수 없을걸?"

"아직 다 떨어지지도 않았잖아. 미리 걱정해 봤자 무슨 소용 있겠어? 어차피 이때까지 자기가 번 걸로 생활했는데 돈이 떨어질 때까지는 맘 편하게 지내. 나, 예전 작품도 하나 팔았어. 나름 컬렉터도 있다고."

아내가 생각이 없는 건지, 있는 건지 헷갈렸다. 때로는 나보다 철이 더 없는 것 같기도 하고, 또 이럴 때엔 생각이 깊은 것도 같다. 그림만 보면 무척 깊이가 있는 것처럼 보인다. 도

무지 이해를 할 수 없을 정도로.

"깊이는 찾았어?"

"응?"

"맥주의 깊은 맛이 필요하다며? 혜정이는 맛있다고 하던데 나야 술맛을 잘 모르니까."

"아, 그거……. 당연히 사 먹는 맥주보다는 깊은 맛이긴 한데……. 내가 원하는 맛은 아닌 것도 같고. 좀 더 발효시켜 봐야 될 것도 같고."

"맥주의 요정에게 좀 잘 빌어 봐."

"그래야겠네."

조용하다.

"자?"

아내는 대답하지 않는다. 대신 코 고는 소리가 작게 들린다. 잠이 오지 않는다. 나는 아내가 깨지 않게 조심조심 침대밖으로 빠져나왔다.

냉장고 문을 여니 환한 빛이 안쪽에서 흘러나온다. 차가운 기운이 느껴지지만 따뜻한 빛이다. 맨 아래쪽 칸에서 제조 맥주 한 병을 꺼냈다.

집 밖으로 나와 캠핑 의자에 앉았다. 깜깜한 밤하늘에 별빛이 쏟아진다. 집 주변에 심긴 나무가 바람에 흔들리면서

서진

쏴아아, 소리를 낸다. 묵직한 유리잔에 맥주를 따랐다. 거품이 살짝 잔 밖으로 흘러내렸다. 반사적으로 거품을 핥고, 꿀꺽 한 모금을 마셨다.

신풍아이피에이는 식도를 지나 위를 자극하고 몸속 구석구석까지 알코올 기운을 퍼뜨렸다. 가슴속이 답답했던 것이 펑, 뚫리는 것 같았다. 이 세상의 마지막 맥주라고 해도 아쉽지 않을 정도였다.

나는 눈을 감고 맥주의 요정에게 잠시 기도를 했다. 맥주가 점점 맛있게 익게 해 달라고. 점점 깊은 맛을 내게 해 달라고. 맥주도, 나의 인생도.

맥주를 좋아하지만 올해부터 예전보다는 많이 못 마시게 되었다. 몸이 약간 나빠졌다는 핑계를 대 보지만 실은 맥주가 예전만큼 맛있게 느껴지지 않아서다. 육지에 있었을 때에도 맥주를 좋아했지만 제주도로 이주하면서 더 가까워지게 되었다. 여름과 가을의 해 질 녘, 야외에서 바비큐를 만들면서 한 모금, 두 모금 홀짝거리다 보면 두세 캔은 금방 비우게 된다. 소설에서 나오는 것처럼 직접 맥주를 만들어 본 적도 있지만 이젠 그만두게 되었다. 강렬한 홉의 향이 나는 아이피에이를 좋아했지만 은은한 필스너 취향으로 돌아왔다. 소설을 쓰고 고치면서 오랜만에 맥주를 많이 마신 기분이 든다. 더 이상은 돌아갈 수 없는 시절로 돌아간 기분이 들어서 좋았다.

징검다리

정진영

당근마켓에서 문고리거래로 산 아이폰 13 미니의 전원이 켜지지 않았다. 전원 버튼을 여러 차례 눌러 봤지만 소용없었다. 내 낡은 갤럭시 휴대전화에서 당근마켓 채팅 알림음이 울렸다. 채팅창을 열자 판매자가 보낸 메시지가 떴다.

아침에 물건을 문고리에 걸어 두고 왔습니다. 쿨거래 감사합니다 ^^
오전 10:05

뻔뻔한 놈. 고장 난 물건을 팔아 놓고 웃어? 메시지에 마침표 대신 찍힌 눈웃음 이모티콘을 보자 숙취로 울렁거리는 속에서 화가 치밀어 올랐다. 나는 채팅창에 몇 차례 격한 표현

을 썼다가 지우기를 반복하다가 차분하게 메시지를 정리해
보냈다.

오전 10:10 휴대전화가 켜지지 않고 먹통입니다. 왜 이런 거죠?

나는 채팅창에 '읽음' 표시가 뜨기만을 눈이 빠지도록 기다
렸다. 5분 뒤에 판매자가 내 메시지를 읽었고, 그로부터 5분
이 더 흐른 뒤에 답신이 왔다.

목업폰이니까 당연히 작동하지 않죠 ㅎㅎ 오전 10:20

목업폰? 메시지 마지막에 찍힌 'ㅎㅎ'가 비아냥거림처럼
느껴졌다.

오전 10:22 긴말하지 않겠습니다. 환불해 주시죠.

채팅창에 '읽음' 표시가 바로 떴지만, 답신은 그로부터 30분
이나 흐른 뒤에야 왔다.

다시 한번 판매 글을 읽어 보세요. 환불 안 된다고 써 놓았습니다 ㅎㅎ

오전 10:52

긴 시간을 뭉그적대다가 보낸 답신이 고작 이런 수준이라니. 기가 막혔다. 나는 흥분을 가라앉히고 신중하게 메시지를 적었다.

오전 10:54 상식적으로 고장 난 휴대전화를 20만 원씩이나 주고 살 사람이 누가 있습니까. 환불해 주지 않으면 법적인 조치를 할 겁니다. 법조계에 아는 사람 많습니다.

내 허세를 보탠 점잖은 위협은 판매자에게 조금도 먹혀들지 않았다.

다시 한번 판매 글을 똑바로 읽어 보세요. 저는 분명히 아이폰 13 미니 목업폰을 판다고 올렸고, 목업폰은 고장 난 휴대전화가 아닙니다. 환불 안 된다고 명시했고요. 뭐가 문제죠? 잘 알아보지도 않고 입금부터 하신 그쪽 잘못 아닌가요? 법조계에 아는 사람 많으면 법대로 하시던가요. 왜 제가 사기꾼 취급을 받아야 하는지 모르겠네요. 기분 더럽네. 쿨거래인 줄 알았더니 진상이시네요. 차단합니다 ㅎㅎ 오전 10:59

판매자와 더 대화가 이어지지 않았다. 개새끼. 쓰지도 못할 물건을 속여 판 주제에 적반하장도 유분수지, 내가 진상이라고? 나는 홀로 남은 채팅창과 목업폰인지 뭔지 모를 빌어먹을 물건을 번갈아 바라보며 입술을 깨물었다.

해 질 무렵, 나는 해장국집에 마주 앉은 이억원의 빈 잔에 소주를 채웠다. 그도 내게서 병을 건네받아 내 빈 잔에 소주를 따랐다.

"이사님, 무슨 일인데 표정이 그렇게 죽상이세요?"

나는 신경질적으로 잔을 비운 뒤 손등으로 입을 닦았다.

"명함도 없는 백수가 된 지 오래인데 이사님은 개뿔."

이억원이 자신의 잔을 한입에 털어 넣고 피식 웃었다.

"그렇다고 인제 와서 이사님을 김철수 씨라고 부를 순 없지 않습니까?"

나는 이억원의 빈 잔에 다시 소주를 채우고 찬으로 나온 양파를 안주로 씹었다.

"이 과장, 아니 이 사장. 그냥 형님이라고 불러. 함께 나이 들어 가는 처지에 무슨."

이억원이 내 빈 잔에 소주를 따르며 고개를 숙였다.

"알겠습니다, 형님!"

정진영

1년 전만 해도 나는 자동차 부품을 생산하는 건실한 중소기업의 임원이었다. 지방 국립대 졸업 후 상경해 20년 동안 몸담았던 직장에서 재무 담당 이사 직위까지 올랐으니, 그만하면 샐러리맨으로서 성공한 삶을 살아왔다고 자부했다. 문제는 내가 임원 자리에 올라서도 직원 시절처럼 무작정 열심히 일했다는 점이다.

서 있는 자리가 달라지면 보이는 풍경도 달라진다고 하지 않던가. 임원은 큰 그림을 그리고 직원은 이를 채워 나가야 하는데, 나는 직원으로 일하던 시절의 업무 처리 방식을 버리지 못했다. 잘 안다는 이유로 업무의 세세한 부분까지 직접 챙겼고, 그럴 때마다 부하 직원과 충돌했다. 임원은 한 걸음 뒤에서 직원을 지원하는 자리라는 걸, 임원이 자신을 드러내고 성과를 챙기면 팀워크가 흔들린다는 걸 그땐 이해하지 못했다. 그저 회식 때 고생한 부하 직원들을 잘 먹이고 으쌰으쌰 하면 될 줄 알았다. 한때 내 부하 직원이었던 이억원의 얼굴을 바라보기가 민망했다. 해장국에서 내장을 안주로 건져 먹던 그가 내게 물었다.

"죄송하지만, 정말 궁금해서 그런데요. 왜 회사를 그만두신 겁니까?"

나는 쓴웃음을 지으며 술잔을 기울였다.

"그러게 말이야. 왜 그만둔 걸까?"

이억원이 자신의 잔을 내 잔과 부딪쳤다.

"형님은 직원 사이에서 롤 모델이셨어요. 한 직장에서 말단부터 시작해 임원까지 오르는 일, 아무리 중소기업이라도 하늘의 별 따기 아닙니까."

"롤 모델은 무슨. 다들 뒤에서 내 욕 한 거 잘 알아. 내가 자초한 일이기도 하고."

임원 자리를 내놓고 나온 이유는 도피에 가까웠다. 나는 업무를 꼼꼼하게 파악한 뒤에야 움직이는 성격인데, 그런 성격이 임원 자리에는 맞지 않았다. 임원으로서 결정하고 처리해야 할 업무 범위는 내 생각보다 훨씬 넓었다. 야근을 밥 먹듯이 해도 세부 사항을 모두 파악하기가 어려웠다. 그러다 보니 예상을 빗나가는 일이 자주 벌어졌고, 그럴 때마다 나는 부하 직원을 달달 볶았다. 내가 애를 쓰면 쓸수록 상황이 점점 나빠졌고 실적은 떨어졌다. 내가 능력에 맞지 않는 자리에 앉아 있다는 평가가 사내에 팽배해졌다. 엎친 데 덮친 격으로 오랫동안 인연을 맺어 온 큰 거래처에서 수금 문제가 벌어졌다. 하필 그 시점과 맞물려 조달금리가 크게 상승해 수금 문제가 자금난으로 번졌다.

내가 할 수 있는 일은 채권자에게 상황을 설명하며 살려

달라고 유소하는 것뿐이었다. 매일 아침 나는 대역죄인이라도 된 듯한 심정으로 출근했고, 급기야 스트레스를 견디지 못해 사무실에서 쓰러졌다. 병원 응급실에서 눈을 떴을 때 차라리 잘된 일이다 싶었다. 오너는 워크아웃 신청을 확정한 터였다. 고통 분담을 명분으로 내세운 인력 조정, 인건비 감액 계획 작성⋯⋯. 워크아웃에 들어가면 내가 할 일은 이전보다 훨씬 험악해질 게 뻔했다. 나는 건강 악화를 핑계로 퇴사하며 발을 뺐다. 그렇게 나는 지천명을 3년 앞두고 무직자가 됐다. 나는 반쯤 남은 잔을 마저 비우고 해장국을 한 숟갈 떠먹으며 지난 기억을 억지로 털어 냈다. 매콤하고 자극적인 국물이 입에 맞았다.

"쓸데없는 소리 그만하고 술이나 마십시다."

나와 이억원은 소주병을 주고받으며 서로의 잔을 채웠다.

"그래도 예전보다 얼굴이 많이 좋아지셨습니다."

"그럴 리가 있나. 마음은 회사에 다닐 때보다 더 지옥인데."

퇴사 후 처음 며칠은 후련했는데, 곧 막막해졌다. 아침에 일어나서 갈 곳이 없다는 사실이 실감 나지 않았다. 좀이 쑤신 나는 출근하듯 가까운 공공도서관으로 향했고, 구석 자리에서 이런저런 책을 읽으며 시간을 죽였다. 직장에 다닐 때보다 집에 머무는 시간이 길어지자 짜증이 늘었다. 제때 설

거지와 청소를 하지 않는 아내가 불만스러웠고, 성적을 신경 쓰지 않고 꾸미기만 좋아하는 딸이 곱게 보이지 않았다. 내 입에서 잔소리가 점점 늘어나니 집안 분위기가 점점 엉망으로 변해 갔다. 더 큰 문제는 빠르게 줄어드는 통장 잔고였다. 아내의 월급만으로는 고등학생인 딸에게 들어가는 학원비 등 고정 비용과 주택담보대출 이자를 감당하기가 어려웠다. 급기야 몇 달 후엔 생활비까지 걱정해야 할 처지에 이르렀다.

마음이 급해진 나는 이력서를 써서 여러 업체에 들이밀었다. 비록 중소기업이긴 하지만 임원까지 오른 경력이 있으니 금방 재취업할 수 있으리라고 기대했는데, 면접을 보러 오라는 곳이 단 한 곳도 없었다. 평생 열심히 일하며 살아온 대가가 고작 이런 수준이라니. 세상이 원망스러웠다. 스트레스가 쌓일수록 아내와 딸을 향한 내 잔소리도 더 심해졌다. 둘이 나를 바라보는 눈빛에서 존경이 사라졌다고 느낀 다음 날, 나는 재취업을 핑계로 집에서 나와 원룸 월세방을 얻었다. 그게 내 자존심을 지키는 마지막 방법이라고 생각했다.

나는 새벽마다 인력시장으로 나가는 한편, 이력서를 쓰는 일을 멈추지 않았다. 그 과정에서 가물에 콩 나듯 몇 차례 면접을 치른 끝에 냉엄한 현실을 깨달았다. 나는 앞으로 과거

정진영

와 비슷한 벌이와 지위를 보장하는 일자리를 다시 얻을 수 없다는 걸. 내 손에 피를 묻히는 한이 있더라도 회사에서 버텼어야 했다. 그게 아니면 퇴사 후 벌어질 사태에 관해 최소한의 고민이라도 해야 했다. 나는 대책 없이 지른 퇴사를 뒤늦게 후회했다.

"이 사장이 나보다 훨씬 현명한 사람이야. 무엇을 해야 할지 비전을 보고 철저히 준비한 다음에 퇴사했잖아. 나는 정말 아무 대책 없이 나왔거든. 어떻게든 살아지겠지 싶었는데, 그렇지 않더라. 시간을 되돌릴 수 있다면, 회사에서 쓰러져 죽더라도 사표를 내진 않을 거야."

"에이! 요즘엔 부동산 경기가 많이 죽어서 어려워요."

"부동산 시장은 장기적으로 우상향해 왔잖아. 잠깐 경기가 나빠진 것뿐인데 엄살은."

"사람 인생은 이름 따라간다던데, 성이 백 씨였으면 대박 났으려나요?"

"천 씨면 재벌 됐게?"

나와 이억원은 실없는 농담을 주고받으며 키득거렸다. 그는 공인중개사 시험 준비를 직장 생활과 병행한 끝에 자격증을 손에 넣었다. 당시 재무팀 부장이었던 나는 일머리가 좋은 그를 놓치고 싶지 않았지만, 본인의 퇴사 의사가 확고해 더 붙잡지를 못했다. 공교롭게도 그때부터 부동산 시장이 급등했고, 얼마 지나지 않아 그가 차를 BMW로 바꾼 데 이어 꽤 많은 수입을 올리고 있다는 소문이 들려왔다. 초라해진 내 처지를 돌아보니 깊은 한숨이 터져 나왔다.

"작은 회사이긴 해도 임원 타이틀이 있으니 어디 가서 명함을 내밀어도 무시당하는 일은 없었어. 그런데 명함이 사라지니까 그동안 쌓았던 인맥이 한순간에 끊기더라."

이억원이 민망한 표정을 지으며 내게 건배를 권했다.

"앞으로 제가 형님을 자주 모시겠습니다."

"바쁜 사람 붙잡고 귀찮게 하면 민폐지. 오늘만 살짝 귀찮게 할게. 실은 법률 상담을 하고 싶은데, 아무리 생각해 봐도 편하게 물어볼 사람이 이 사장밖에 없더라."

이억원이 깜짝 놀라 손사래를 쳤다.

"아이고! 제가 무슨 법률 상담을! 저 변호사 아닙니다!"

"건너서 아는 변호사가 없는 건 아니지만, 내 처지가 이러니까 연락해서 물어보기가 좀 그래. 그렇다고 그냥 넘어가기엔 너무 괘씸하고. 생활 법률은 공인중개사도 잘 안다고 들었어. 부탁 좀 할게."

나는 목업폰을 주머니에서 꺼내 이억원에게 보여 줬다.

"이게 목업폰이라던데, 도대체 목업폰이 뭐야?"

정진영

이억원은 목업폰을 살피며 감탄했다.

"휴대전화 매장에 전시된 물건들 보셨죠? 그거 다 목업 폰이에요. 한마디로 모형입니다. 직접 만져 본 건 처음인데 와……. 감쪽같네요. 실제 전화와 똑같이 생겼는데요?"

"내가 그걸 20만 원이나 주고 샀다. 병신도 아니고."

내 말에 놀란 이억원의 눈이 커졌다. 나는 판매자가 당근 마켓에 올린 글을 그에게 보여 주며 물었다.

"이 사장이 보기엔 어때? 사기죄로 고발할 수 있겠어?"

판매 글을 읽은 이억원이 고개를 저으며 난색을 보였다.

"사기죄가 성립하려면 상대방을 속였다는 사실이 인정돼 야 하거든요? 목업폰을 진짜 휴대전화라고 속여서 팔았다면 사기가 맞아요. 그런데 판매자가 목업폰이라는 걸 명시했고, 환불도 불가능하다고 적어 놓았네요. 이건 사기죄로 걸고넘 어질 수가 없어요. 그런데 목업폰이 원래 이렇게 비싼가요? 고작 모형인데?"

"뭐가 뭔지 나도 모르겠다."

"잠깐만요."

이억원이 내 휴대전화로 무언가를 검색하더니 황당하다 는 표정을 지었다.

"목업폰 가격을 알아보니까 새 물건도 비싸 봐야 2만 원도 안 하네요. 이걸 20만 원에 사셨다고요?"

이억원이 내게 목업폰 시세를 보여 줬다. 시세를 확인한 나는 뻣뻣해진 목덜미를 붙잡았다.

"그렇다면 이 새끼가 나한테 사기 친 거 맞지? 그렇지?"

이억원이 조금 전보다 더 난감해했다.

"그게 또 애매해요. 장사꾼이 같은 물건을 다른 장사꾼보다 비싸게 파는 게 죄는 아니잖습니까? 보아하니 이 물건을 판 놈이 아무나 얻어걸리라는 식으로 이 가격에 올리고 배짱을 부린 게 아닌가 싶습니다."

"그렇게 말도 안 되는 가격에 올리는 건 사기잖아, 안 그래?"

이억원이 판매 글에 적힌 날짜를 가리켰다.

"보세요. 8개월 전에 매물로 올라온 물건 아닙니까. 말도 안 되는 가격에 물건을 팔고 있으니까 지금까지 아무도 사지 않은 겁니다. 의도는 불순한데 대놓고 속인 건 없으니 딱히 구제할 방법이 없어 보입니다. 그냥 똥 밟았다고 생각하세요."

아무도 안 속는데 나 혼자 속아서 난리를 쳤구나. 얼굴이 화끈 달아올랐다. 이억원이 다시 목업폰을 살피며 고개를 갸웃거렸다.

정진영

"근데 왜 갑자기 아이폰에 관심을 가지세요? 이 물건, 통화 녹음이 되지 않아 일할 때 불편한데 말입니다."

나는 이억원에게 목업폰을 산 이유를 끝내 말하지 못했다. 그와 헤어진 나는 거리를 걸으며 나를 닮아 밋밋한 딸의 얼굴을 떠올렸다. 이틀 전 밤, 딸이 내게 카카오톡 메시지를 보냈다. 내가 집을 나온 후 딸에게서 받은 첫 메시지였다.

아빠, 나도 아이폰 13 미니 사 줘. 나만 아이폰 안 쓰니까 친구들 사이에서 거지 취급 받고 있어. 아이폰 14 말고. 그건 커서 별로야. 오후 10:30

아빠의 안부를 한마디도 묻지 않는 딸의 무심함이 서운했다. 동시에 친구 사이에서 고작 휴대전화 때문에 거지 취급을 받고 있다는 딸의 투정을 보니 미안했다. 메시지를 읽은 나는 잠이 오지 않아 안주도 없이 소주를 두 병이나 마셨다. 술에 취한 나는 자리에서 벌떡 일어나 혼자 소리쳤다.
"아이폰인지 뭔지 그깟 것 하나 딸에게 못 사 주랴!"
나는 호기롭게 휴대전화로 아이폰 13 미니 시세를 검색해 봤는데, 무려 100만 원에 가까운 가격을 자랑하는 비싼 물건이었다. 술기운이 확 사라졌다. 도대체 학생이 왜 이런 사치품을 들고 다니는지 이해할 수 없었지만, 딸이 서운해할 얼굴을 떠올리자 마음이 약해졌다.

나는 원룸에서 쓸 생활용품을 살 때 종종 이용했던 당근마켓에 들어가 매물을 찾아봤다. 아이폰 13 미니의 중고 시세는 60만 원에서 80만 원 사이였다. 페이지를 아래로 한참 동안 내리며 매물을 확인하는데, 놀랍게도 20만 원에 올라온 매물이 보였다. 그때 내 눈에는 목업폰이란 단어가 보이지 않았다. 그저 다른 사람에게 물건을 빼앗기지 말아야 한다는 생각뿐이었다. 나는 다급하게 채팅으로 판매자에게 계좌번호를 물었고, 그는 늦은 밤인데도 불구하고 친절하게 계좌번호를 알려 줬다. 곧바로 입금이 이뤄졌다.

나는 걸음을 멈추고 주머니에서 목업폰을 꺼내 살폈다. 허탈한 웃음이 입술을 비집고 새 나왔다. 8개월 동안 기다린 끝에 이 말도 안 되는 거래를 성사한 뚝심! 너는 그 돈을 먹을 자격이 있는 놈이다. 인정한다, 개새끼. 나는 목업폰을 길바닥에 던져 박살 내려다가 멈췄다. 당근마켓에 목업폰을 매물로 올리면 푼돈이나마 회수할 수 있을지 모른다는 생각이 머릿속을 스쳤기 때문이다. 목업폰의 중고 시세를 확인하러 당근마켓에 들어갔는데, 희한한 제목의 판매 글이 눈에 들어

정진영

왔다.

삼겹살에 소주 한잔하실 분 찾습니다.

매물 가격은 무료를 뜻하는 '나눔'이었다. 호기심이 생긴
나는 판매 글의 내용을 확인해 봤다.

저는 40대 초반 남자입니다. 구양동에서 함께 한잔하며 말동무할
40대 남자분을 찾습니다. 이상한 사람 아닙니다. 서로 질척거리기
없이 오늘 딱 하루만 인연 맺고 삼겹살에 소주나 한잔하시죠. 제가
쏘겠습니다. 저녁에 시간 되시는 분은 채팅으로 메시지 남겨 주세요.

이상한 사람이 아니라니까 더 이상하게 느껴졌다. 오래
된 가요 제목에서 따온 '낭만고양이'라는 판매자의 닉네임
도 구렸다. 그런데 이억원과 소주 한 병을 반씩 나눠 마셔서
술이 모자랐던 터라 솔깃했다. 게다가 판매자와 사는 동네가
같고 공짜 술이라니. 밑져야 본전이라는 생각이 들어 판매자
와 채팅을 시도했다.

오후 7:46 구양동에 사는 40대 후반 남자입니다. 괜찮으시다면 저와

한잔하시죠.

기다렸다는 듯이 채팅창에 바로 '읽음' 표시가 떴다.

뻐꾸기마을 3단지 앞에 '맛돼지'라는 곳이 있습니다. 거기서 뵙겠습니다. 제집 앞이니 지금 바로 나가서 기다리고 있겠습니다. 회색 점퍼를 입은 사람을 찾으시면 됩니다. 당근마켓에 올린 글은 지우겠습니다. 오후 7:46

뻐꾸기마을 3단지면 내가 사는 원룸과 가까운 아파트 단지여서 늦게까지 술을 마셔도 부담 없는 장소다. 모르는 사람과 느닷없이 당근마켓으로 만나 벌이는 술자리라니. 황당하면서도 기대가 됐다. 약속 장소로 향하는 발걸음이 빨라졌다.

낭만고양이는 고깃집에서 쉽게 눈에 띄었다. 손님을 받은 테이블은 세 곳뿐이었고, 그중 한 곳에 회색 점퍼를 입은 남자가 앉아 있었다. 그는 고깃집에 들어온 나를 바로 알아보고 자리에서 일어나 악수를 청했다.
"안녕하세요, 시나위 님이신가요?"
누군가에게 당근마켓 닉네임으로 불린 일은 처음이라 쑥

스러워 얼굴을 붉혔다.

"아, 네…….낭만고양이 님 맞으시죠?"

나는 쭈뼛거리며 낭만고양이와 테이블에 마주 앉았다. 낭만고양이도 나와 비슷한 기분을 느끼는 듯 메뉴판을 살피며 붉어진 얼굴을 가렸다.

"삼겹살에 소주, 괜찮으시죠?"

"뭐든 좋습니다. 얻어먹는 처지인데 당연히 자리를 마련해 주신 분의 의견을 따라야죠."

"고기는 사장님께서 직접 구워 주시니 기다렸다가 드시면 됩니다. 혹시 드시는 소주가 따로 있습니까?"

"저는 상관없습니다. 평소에 드시던 소주를 시키시면 됩니다."

낭만고양이가 점퍼를 벗으며 멋쩍게 웃었다.

"실은 제가 10년 만에 소주를 마시는 거라."

10년 만에 마시는 소주라고? 그런 의미 있는 자리에 왜 일면식도 없는 사람을 술친구로 초대한 거지? 나는 재빨리 낭만고양이를 위아래로 훑어봤다. 피부색이 탁하고 두 손은 거칠었다. 겉으로 보기에 그의 나이는 나보다 많으면 많지 적어 보이진 않았다. 전체적으로 고생을 많이 한 티가 났다. 나는 서먹서먹한 분위기를 깨뜨리려 그에게 덕담했다.

"어휴! 10년을 금주하셨으면 속이 아주 성성하시겠네요. 오늘은 무리하지 말고 기분만 내시죠. 간이 놀랍니다."

낭만고양이의 표정이 살짝 어두워졌다. 나는 그의 눈치를 보며 조심스레 물었다.

"아이고, 제 말이 너무 거칠었습니까?"

낭만고양이가 어색하게 웃으며 어두워졌던 표정을 지웠다.

"아닙니다. 일단 잔을 받으시죠. 이렇게 만나 뵙게 돼 정말 반갑습니다."

"별말씀을. 마침 술이 고팠는데 저야말로 감사하죠."

선홍색에서 분홍색, 그리고 우윳빛 하얀색. 살코기에서 비계로 층층이 이어지는 먹음직스러운 색의 변화. 낙관처럼 선명하게 살코기에 박힌 큼지막한 오돌뼈. 손님이 많지 않아 그저 그런 고깃집인 줄 알았는데, 두껍게 썰린 삼겹살의 모양새가 예사롭지 않았다. 불판에 오른 삼겹살은 가게 주인의 능숙한 손길을 따라 지글거리는 소리를 내며 핏기를 지웠다. 고소한 기름 냄새의 농도가 짙어지며 술을 불렀다. 나는 낭만고양이와 건배하고 잔을 비운 뒤 삼겹살 한 점을 소금에 찍었다. 잔내 없이 혀 위에 맴도는 감칠맛과 기분 좋은 육향. 껍질이 붙어 있어 쫄깃한 비계와 부드러운 살코기의 조화로운 식감. 웃음이 절로 터져 나왔다.

정진영

"이 집 삼겹살, 때깔도 맛도 장난 아닌데요? 소주가 절로 들어가네."

"그렇죠? 저도 딸을 데려와서 같이 먹다가 이 집 단골이 됐습니다."

딸이 있다고? 낯선 낭만고양이가 갑자기 친근하게 느껴졌다.

"실은 저도 이제 막 고등학생이 된 딸이 하나 있습니다."

낭만고양이도 반갑다는 듯 나를 보며 빠르게 고개를 끄덕였다.

"그러세요? 제 딸은 올해 스무 살 대학생입니다."

스무 살? 대학생? 도대체 언제 결혼해 언제 딸을 낳은 거야? 나는 낭만고양이와 내 나이 차이를 가늠하며 탄식했다.

"벌써요? 대단하십니다. 시집 보내는 일만 빼면 큰일은 다 치르셨네요. 저는 아직도 멀었는데. 정말 부럽습니다."

내 빈 잔에 소주를 채우는 낭만고양이의 얼굴에 밝은 미소가 번졌다.

"해 준 것도 별로 없는데 혼자 열심히 공부하더니 간호대에 입학하더라고요. 장학금까지 받으면서. 기특하게."

낭만고양이의 자랑을 들으니 문득 딸이 보낸 카톡 메시지가 떠올라 기분이 착잡해졌다.

"제 딸은 영 철딱서니가 없어서. 언제 어른이 돼 1인분 몫을 할는지 모르겠습니다."

낭만고양이가 반쯤 남은 잔을 비우고 고개를 숙였다.

"철딱서니라…… 저야말로 지금까지 철딱서니 없이 살아왔습니다. 나이를 먹는다고 알아서 현명해지거나 어른이 되는 건 아니더라고요."

그래. 나이만 먹는다고 해결되는 건 없지. 잘나가는 중소기업 임원이었다가 불과 1년 만에 수직 낙하한 내 신세를 돌아보니 가슴이 답답해졌다. 나는 낭만고양이 앞에 놓인 빈 잔을 채우며 그의 얼굴을 살폈다. 그가 오늘 처음 만난 이름도 모르는 사람이어서 다행이란 생각이 들었다. 어차피 이 자리를 끝으로 기약 없이 헤어질 사이니 시시콜콜한 이야기를 해도 뒤끝이나 탈이 없을 것 같았다. 나는 주머니에서 목업폰을 꺼내 테이블 위에 올렸다.

"목업폰이라더군요. 뭔지 아십니까?"

"휴대전화 모형 아닌가요?"

나만 몰랐구나. 나는 씁쓸하게 웃으며 목업폰을 낭만고양이에게 건넸다.

"한번 보시죠. 감쪽같지 않습니까?"

목업폰을 자세히 살펴본 낭만고양이가 감탄했다.

"와! 이거 진짜 같은데요? 제 딸도 고등학교에 다닐 때 이 모델과 똑같은 걸 써서 잘 압니다. 요즘 애들 아이폰 아니면 잘 안 쓰려고 하거든요."

"그래요?"

"에어드롭인지 뭔지 아이폰만 되는 기능이 있다네요? 그 기능을 안 쓰면 사진이나 자료 공유가 불편해 친구 사이에서 은근히 소외된다나 뭐라나. 아이폰이 다른 휴대전화보다 사진도 예쁘게 잘 찍힌다더라고요. 별수 있습니까? 혹시라도 우리 애 왕따 되는 일 막으려면 비싸도 사 줘야죠."

몰랐다. 딸이 학교에서 고작 휴대전화 때문에 그런 고충을 겪을 수 있다는 걸. 자기만 아이폰을 쓰지 않아 친구 사이에서 거지 취급 받고 있다는 말이 과장이 아닐지도 모르겠구나. 나는 잔에 담긴 소주를 한입에 털어 넣고 깊은 한숨을 쉬었다. 날숨에서 단내가 느껴졌다. 삼겹살 한 조각을 명이나물로 말아 안주로 먹었다. 삼겹살의 고소하고 기름진 맛을 감싼 새콤달콤한 명이나물이 혀 위에 남은 소주의 비린 맛을 덮었지만, 쓸쓸한 기분까지 지우진 못했다.

"오늘 이 자리에 오게 된 이유가 바로 그 물건 때문입니다."

나는 낭만고양이에게 목업폰을 거래하는 과정에서 벌어진 일을 솔직하게 밝혔다. 이억원에겐 부끄러워서 차마 이야기하지 못했던 거래 이유도 함께. 속에 꾹꾹 눌러뒀던 답답한 마음을 쏟아 내니 조금 후련해졌다. 나는 빈 잔을 들어 바라보며 코웃음을 쳤다.

"다 이 소주가 문제였습니다. 좋은 기회는 쉽게 주어지지 않고, 쉽게 주어지는 기회는 잘못된 기회란 걸 뻔히 아는데도 그런 실수를 했다니. 아닙니다! 소주가 무슨 죄입니까? 사리 판단도 제대로 못 할 만큼 마시고 취한 제가 죄인입니다. 적당히 마시면 좋은 친구가 되는 녀석을 함부로 다룬 제 잘못이죠."

낭만고양이도 자신의 빈 잔을 들어 바라보며 실소를 흘렸다.

"돌이켜 보니 저도 이 소주, 아니 제가 문제였습니다."

낭만고양이는 학창 시절에 뮤지션을 꿈꾸며 학교에 가방 대신 기타를 매고 다녔다고 고백했다. 그는 자주 집 밖을 전전하며 이혼 후 홀로 작은 식당을 운영하는 어머니의 속을 썩였다. 졸업 후 대학 진학을 포기한 그는 낮에는 아르바이트하고 밤에는 홍대 라이브 클럽을 기웃거리는 게 일상이었다고 회상했다.

"신촌 대신 홍대 앞으로 사람이 몰리던 시기였습니다. 해가 지면 라이브 클럽 곳곳에서 공연이 열렸죠. 저도 무대에 오르고 싶어 밴드를 만들었는데, 솔직히 오합지졸이라 클럽 오디션에서 만날 물을 먹었습니다. 그래도 뻔질나게 클럽에 드나들며 여러 사람과 안면을 튼 덕분에 공연 뒤풀이 자리에 끼어들어 밤새도록 술을 마시는 일은 많았습니다. 내일 당장 죽을 사람처럼 살았던 시절입니다. 새벽까지 마시고, 토하고, 자취방에 쓰러져 서로 엉켜 잠들고."

내 젊은 시절은 무미건조했다. 원했던 대학 진학에 실패했고, 캠퍼스에서 연애 한 번 못 해 봤고, 졸업 후엔 대기업 취직에 실패했고, 간신히 취직한 후엔 대충 선을 봐서 결혼했고, 얼마 후엔 딸을 낳았고. 그래도 지금까지 누구보다 열심히 살아왔고, 회사에서 인정받아 임원까지 올랐는데, 어쩌다 이 모양 이 꼴이 된 걸까. 나는 낭만고양이의 화려한 과거가 부러웠다.

"닉네임이 체리필터 노래와 같아서 음악과 관련 있는 분이 아닌가 싶긴 했습니다."

"시나위란 닉네임도 혹시 밴드 시나위에서 따오신 건가요?"

"안타깝지만 저는 아무 생각 없이 지었습니다."

낭만고양이가 짧게 한숨을 내쉬고 말을 이었다.

"뒤풀이 자리에는 그날 공연한 밴드 멤버뿐만 아니라 그들의 지인이나 팬도 여럿 끼어들어 함께 술을 마셨습니다. 다들 취하고 싶은데 돈은 없으니 뭘 마셨겠습니까? 소주죠. 술에 취한 젊은 남녀 사이에 무슨 일이 벌어졌겠습니까?"

"뻔한 레퍼토리 아닙니까? 서로 눈이 맞았겠죠."

"눈이 맞는 정도가 아니라 동물의 왕국이었어요. 그때 뒤 풀이에서 만나 술에 취해 사귀기 시작했던 여자 친구가 제게 폭탄선언을 하더라고요. 임신했다고."

낭만고양이의 선택은 도피였다. 그는 곧바로 병무청에 입 영을 신청했고, 홍대 앞에서 인연을 맺은 누구에게도 알리지 않은 채 입대했다고 털어놓았다. 미간이 절로 찌푸려졌다.

"그건 좀 심했네요."

"그땐 그저 그 상황에서 벗어나고 싶은 마음뿐이었습니다. 정말 무책임했죠. 저는 아빠가 될 준비는커녕 결혼 생각 조차 해 본 일이 없는데 임신이라니. 그때 제 나이가 고작 스물한 살이었습니다. 이게 무슨 날벼락인가 싶었습니다. 이런 말 하기가 좀 그렇지만, 솔직히 애 아빠가 저라는 확신이 없 었어요. 아까 말씀드렸죠? 동물의 왕국이었다고. 서로 돌아 가면서 사귀는 일이 흔했어요. 여자 친구는 저를 만나기 전 에도 여러 남자를 만났어요. 저도 마찬가지였고."

그로부터 1년이 흐른 후, 낭만고양이가 복무 중인 부대로

정진영

편지 한 통이 도착했다. 발신자는 그의 어머니였고, 봉투에는 편지와 함께 아기 사진 한 장이 들어 있었다.

"사진만 봐도 알겠더라고요. 제 아이란 걸. 저와 판박이였어요."

내 기억이 산부인과에서 처음 딸과 만났을 때로 돌아갔다. 양수에 불어 쭈글쭈글한 얼굴 곳곳에 내 얼굴이 새겨져 있어 신기하게 여겼던 순간이 생생하게 떠올라 웃음이 나왔다.

"저도 가끔 제 딸 얼굴을 볼 때 놀랍니다. 밋밋한 이목구비가 거울을 보는 것 같아서."

"여자 친구가 여기저기 수소문해 제 어머니를 찾아낸 모양입니다. 편지를 읽어 보니 여자 친구가 아이를 어머니께 맡기고 가족이 사는 미국으로 떠났다더라고요."

"세상에……."

"연락이 끊긴 남자 친구의 행방을 애타게 찾다가 축복받지 못한 채 홀로 아이를 낳았을 테니 몹시 외롭고 슬펐을 겁니다. 하지만 그때 저는 여자 친구의 그런 심정을 전혀 헤아리지 못했어요. 엄마라는 사람이 어떻게 자기 아이를 버리고 무책임하게 떠나 버렸는지 원망만 했을 뿐이었죠. 먼저 무책임하게 도망친 놈은 저인데."

제대 후, 낭만고양이는 집에 발을 끊었다. 다시 홍대 앞으로 돌아온 그는 음악으로 성공하겠다고 다짐하며 아르바이트 일터와 라이브 클럽을 오가는 생활을 반복했다. 그 사이에 어느 정도 실력이 붙어 클럽 무대에 서는 일이 종종 생겼고, 몇 차례 디지털 음원을 발표해 여기저기서 뮤지션 대접도 받았다. 하지만 주머니는 늘 가벼웠고, 평단에선 아무도 그를 진지하게 주목하지 않았다. 시간은 빠르게 흘러 그의 나이는 서른을 넘겼지만, 아마추어보다 조금 나은 흔한 뮤지션이란 현실은 그대로였다. 낙심한 그는 술독에 빠져 살았다. 나는 회사에서 임원으로서 역량을 발휘하지 못했던 시절을 떠올리며 그에게 공감했다.

"열정과 재능의 불일치는 불행한 일이죠."

"솔직히 오래전부터 알고 있었습니다. 제가 그냥 가능성 있어 보이는 자신에게 중독됐다는 사실을. 인정하기 싫어서 버텼을 뿐이죠."

낭만고양이의 오랜 방황은 갑작스러운 비극으로 끝났다. 그의 어머니는 수면 중 심장마비로 급사했다. 그때 그는 속초 바닷가에 홀로 칩거해 휴대전화 전원을 꺼 놓은 채 밤낮으로 소주를 마시며 시간을 보내고 있었다. 그는 어머니의 별세 소식을 장례식이 다 치러진 뒤에야 들었다. 그에게 남은 건 일가친척과 지인의 날 선 비난과 딸뿐이었다. 그의 표

정진영

정에서 회한이 엿보였다.

"초등학생이 된 딸이 처음 보는 제 얼굴을 바로 알아보며 울더라고요. 지금까지 살아오면서 가장 놀랐던 순간입니다. 나중에 딸의 말을 들어 보니, 어머니께서 생전에 매일 딸에게 제 사진을 보여 주며 말해 줬다네요. 외국에서 일하는 아빠가 곧 돌아올 테니 절대 얼굴을 잊으면 안 된다고. 어머니는 제가 언제든지 집으로 건너올 수 있도록 오랫동안 징검다리를 만들어 두셨던 겁니다. 그때 딸을 안고 울면서 어머니께 다짐했습니다. 많이 늦었지만 이젠 제가 딸의 징검다리가 되겠다고."

그날 이후, 낭만고양이는 술을 끊고 어머니가 살던 집과 식당을 정리해 빚잔치를 했다. 남은 돈으로 작은 빌라를 얻은 그는 딸을 키우기 위해 닥치는 대로 일하며 돈을 벌었다. 그의 탁한 피부색과 거친 손이 다시 내 눈에 띄었다. 나는 그의 빈 잔에 소주를 채우며 위로했다.

"고생 많이 하셨습니다."

낭만고양이는 슬프지도 기쁘지도 않은 미소를 지으며 내 빈 잔에 소주를 따랐다.

"부모와 생이별한 채 유년 시절을 보낸 딸에게 미안해서 해 줄 수 있는 건 다 해 주고 싶었습니다. 공사판 인부 심부

름, 목욕탕 청소, 신문 배달, 학원 차 운전······. 안 해 본 일이 없어요. 그런데 몸이 부서지도록 일하니까 정말 부서지더라고요."

낭만고양이는 얼마 전 생전 처음 받은 건강검진에서 폐결절을 발견했고, 대학병원에서 정밀 검사를 받은 결과 폐암 2기라는 진단을 받았다고 고백했다. 부지런히 삼겹살을 집어 먹던 나는 그의 말을 듣고 놀라 헛기침했다. 그는 억지 미소로 민망함을 숨겼다.

"초면에 이런 심각한 이야기를 하니 놀라셨죠?"

10년을 금주했으면 속이 아주 싱싱하겠다는 내 말에 표정이 어두워졌던 이유가 있었구나. 미안한 마음과 당황스러운 마음이 교차했다.

"꽁술을 얻어 마시는 대가치고는 묵직하네요."

"딸에게 알리긴 알려야 하는데, 도저히 용기가 나질 않아서. 지인에게 털어놓으면 금방 주위에 소문이 나 죽을병에 걸린 환자 취급을 받을 테고요. 저를 전혀 모르는 분을 붙잡고 딸에게 제 상태를 알릴 연습을 하고 싶었습니다. 미리 밝히지 못해 죄송합니다."

나는 낭만고양이의 고충을 조금은 이해했다. 내 고등학교 동창 중에 대장암으로 세상을 떠난 친구가 있었다. 그는 세상을 떠나기 불과 두 달 전에도 집에서 평범하게 일상을 보내며 나를 맞았다. 그가 가장 괴로워했던 건 신체적 고통이 아니라 자신을 환자로만 바라보는 시선이었다. 보통 사람은 대장암 말기 환자가 집에서 친구와 이야기를 나누며 다과를 먹을 수 있다고 상상하지 못하니까. 나는 말없이 잔을 들어 바닥에 놓인 낭만고양이의 잔에 부딪쳤다. 그가 내게 물었다.

"시나위 님이 제 상황이라면 어떻게 하실 겁니까?"

나는 회사가 워크아웃에 들어가기 직전 상황을 떠올렸다. 외부인의 시각으로 과거를 돌아보자 냉정한 판단이 이뤄졌다. 내가 예고 없이 퇴사하며 발을 뺀 건 누구보다도 자신에게 비겁한 행동이었다. 설사 퇴사를 선택하더라도 할 수 있는 일은 하고 나왔어야 했다. 그랬다면 동종 업계 재취업이 마냥 어렵지만은 않았을 것이다. 최소한 평판은 지킬 수 있었을 테니 말이다. 집에 가족을 두고 나온 것도 실수였다. 내 선택으로 인해 벌어진 변화에 어떻게든 책임져야 했는데 너무 쉽게 회피했다. 뒤늦게 후회가 밀려왔다. 낭만고양이와 우연히 인연을 맺었지만, 의미 없이 그를 흘려보내고 싶진 않았다.

"폐암에 관해 잘 모르지만, 2기라면 완치 가능성이 큰 거죠? 그렇다면 가까운 사람의 도움이 필요할 테니 오늘 밤 당장 따님께 알려야겠죠? 그렇지 않더라도……."

내가 뜻을 들이자 낭만고양이가 침을 삼키며 긴장했다. 나는 딸의 얼굴을 떠올리며 한 차례 심호흡했다.

"남의 말이라고 쉽게 하는 것 아닌가 싶은데, 오늘 밤 당장 알려야 따님과 앞으로 더 많은 시간을 보낼 수 있지 않을까요? 이왕이면 이 자리에서 따님과 함께 소주를 나눠 마시면서."

낭만고양이가 안도하는 한숨을 쉬고 굳었던 표정을 풀었다.

"저도 그렇게 생각했는데……. 그 말을 다른 사람의 입으로 듣고 싶었습니다. 그래야 용기가 생길 것 같아서. 딸에게 건너갈 징검다리 하나를 놓아 주셔서 감사합니다."

나는 손을 내저으며 낭만고양이의 시선을 피했다.

"제가 뭐 대단한 일을 했다고. 고기 탑니다, 어서 드세요. 속이 안 좋으면 비계라도 떼서 드세요. 암 투병했던 친구 말을 들어 보니 고기를 잘 먹어야 한다더라고요. 단백질이 암과 맞짱 뜨는 무기라면서."

"잠시만요. 긴장이 풀리니 소변이 마려워서. 화장실에 다녀오겠습니다."

낭만고양이가 자리에서 일어나 고깃집 바깥으로 나갔다.

　　　　　　정진영

나는 그의 뒷모습을 물끄러미 바라보다가 휴대전화에 저장된 가족사진을 열었다. 아내와 딸의 모습을 확대해 매만지다 보니 갑자기 눈물이 핑 돌았다. 나는 주위를 살피며 몰래 물수건으로 눈물을 훔쳤다.

회사에 다니던 시절엔 매년 건강검진을 받았는데, 올해는 받지 않아 괜히 불안했다. 내일이라도 당장 병원에 가서 검진을 신청해야 하나 고민하던 나는, 계산대 옆에 작게 붙어 있는 화장실 표지를 보고 고개를 갸우뚱거렸다. 화장실이 고깃집 안에 있나? 그러면 낭만고양이는 어디로 간 거지? 나는 문득 싸한 기분이 들어 종업원을 불러 세웠다.

"여기 화장실이 어디에 있나요?"

종업원은 계산대 옆을 가리켰다.

"저기로 들어가시면 나옵니다."

나는 계산이 이미 이뤄졌는지 알아보려고 종업원에게 돌려 물었다.

"지금까지 먹은 게 얼마죠?"

계산대로 돌아가 금액을 확인한 종업원이 말했다.

"삼겹살 3인분에 소주 한 병 해서 총 4만 7,000원입니다."

5분, 10분, 15분……. 낭만고양이는 돌아오지 않았다. 설마 이 인간이 계산도 하지 않고 도망갔나? 그렇다면 지금까지 내 앞에서 말한 모든 게 연기였다고? 그의 말을 진지하게 듣고 함께 고민한 시간이 허무했다. 어제는 목업폰으로, 오늘은 삼겹살에 소주로 눈탱이를 맞다니. 내 인생에 마가 끼었나? 당근마켓 채팅창을 열어 낭만고양이에게 한바탕 욕을 쏟아 내려는데, 그가 다급히 고깃집 문을 열고 들어왔다. 그는 가쁘게 숨을 쉬며 내게 고개를 깊이 숙였다. 그의 손에는 작은 종이 쇼핑 가방이 들려 있었다.

"죄송합니다!"

나는 가슴을 쓸어내리며 허탈하게 웃었다.

"먹튀 하신 줄 알았습니다. 지금까지 살아오면서 인간에게 가장 실망할 뻔했어요."

"정말 죄송합니다. 제가 물건을 찾으려고 잠시 집에 들렀는데, 갑자기 속에서 신호가 와서. 실은 제가 삼겹살을 좋아하긴 하지만, 기름 많은 음식이 영 몸에 맞지 않더라고요. 초식동물도 아니고."

"어쨌든 화장실에 다녀오신 건 맞네요. 근데 무슨 물건을 찾느라 집에 다녀오셨어요?"

낭만고양이가 자리에 앉더니 테이블 위에 놓인 목업폰을 집어 들었다.

"저도 시나위 님께 징검다리 하나를 놓아 드리고 싶더라고요."

"네?"

낭만고양이가 쇼핑 가방에서 작은 흰색 박스를 꺼냈다. 그가 박스를 열어 내게 내용물을 보여 줬다. 그 안에 아이폰 13 미니가 담겨 있었다. 그는 박스에서 물건을 꺼내 테이블 위에 올려놓고, 목업폰을 그 자리에 집어넣었다.

"이게 지금 무슨 상황입니까?"

낭만고양이가 아이폰 13 미니의 전원 버튼을 누르자 화면에 한 입 베어 문 흰색 사과 모양의 그림이 떴다. 그는 마치 밀수라도 하듯 은밀하게 물건을 내게로 넘겼다.

"제 딸이 고등학생 때 쓰던 물건입니다. 지금은 아이폰 14를 쓴다고 박스에 고이 모셔 놓았더라고요. 케이스를 씌워 쓰던 물건이라 중고이긴 해도 깔끔할 겁니다."

나는 갑작스러운 상황에 놀라 어안이 벙벙했다.

"아, 아니, 이게 한두 푼 하는 물건도 아니고 이렇게 그냥 주셔도 됩니까? 따님이 알면 가만히 있겠어요?"

낭만고양이가 박스를 닫아 쇼핑 가방에 도로 집어넣고 어깨를 으쓱거렸다.

"걔는 쓰던 물건을 다시 쓰지 않고 이렇게 집에 보관만 하더라고요. 이렇게 바꿔치기하니 감쪽같지 않습니까? 걔는 아빠가 저지른 이 완전범죄를 앞으로 절대 모를 거예요."

내 손에 들어온 진짜 아이폰 13 미니를 보니 쉽게 입이 떨어지지 않았다.

"아······. 예의상이라도 이런 건 거절하는 게 맞는데······. 그게 안 되네요."

낭만고양이가 내 빈 잔을 자신의 자리로 옮겼다.

"더 늦기 전에 따님 얼굴을 보러 가시는 게 어떨까요? 마침 내일 주말이잖습니까. 저도 곧 집으로 돌아올 딸을 여기로 부를 생각입니다."

나는 자리에서 일어나 낭만고양이에게 악수를 청했다.

"질척거리고 싶진 않은데, 다음엔 제가 사겠습니다."

낭만고양이가 내 손을 맞잡았다. 그의 손이 뜨거웠다.

"그땐 서로 통성명하죠."

나는 곧 다시 만날 사람처럼 가볍게 말하며 뒤돌아섰다.

"자주 당근마켓을 살피겠습니다."

내가 고깃집 문을 열고 나올 때, 낭만고양이가 딸과 통화하는 소리가 뒤에서 희미하게 들려왔다. 나는 카카오톡으로 딸에게 아이폰 13 미니 사진을 찍어 전송하고 메시지를 남겼다.

정진영

메시지 옆에 붙어 있던 '1' 표시가 곧 사라졌다. 나는 스무 살이 된 딸과 마주 앉아 삼겹살에 소주를 마시는 모습을 잠시 상상해 봤다. 그 자리에서 딸은 내게 무엇을 질문할까. 나는 딸에게 무슨 답을 해 줄 수 있을까. 무슨 질문이든 간에 딸에겐 주저하지 말고 행복을 선택해야 한다는 답을 해 줘야겠다고 다짐했다. 네가 어디서 무엇을 하든 항상 널 믿고 응원한다고. 주눅 들지 말고 네가 가고 싶은 길을 가라고. 가장 중요한 순간은 언제나 지금이라고. 내가 너의 징검다리가 돼 주겠다고.

나는 고깃집 창문 안쪽으로 시선을 옮겼다. 여전히 딸과 통화 중인 낭만고양이가 보였다. 나와 그의 눈이 마주쳤다. 그가 미소를 지으며 내게 손을 흔들었다. 나도 어색하게 손을 흔들었다. 낭만고양이의 딸이 내 딸과 친해지면 좋겠다는 생각이 들었다. 고깃집에서 낭만고양이 부녀와 만나 내 딸을 소개하고 함께 술잔을 기울이는 날이 머지않기를 진심으로 바랐다. 나는 주머니에 있는 아이폰 13 미니를 꺼내 살폈다. 쓰던 물건이란 티가 전혀 나지 않을 정도로 깔끔했다. 카카오톡 메시지 도착 알림음이 들렸다. 딸의 메시지였다.

나는 설레는 마음 반, 떨리는 마음 반을 안고 메시지를 확인
했다.

| 작가의 말 |

 내 당근마켓 매너온도는 49℃, 재거래희망률은 100%다. 쑥스럽지만, 내가 당근마켓에서 꽤 매너 있는 이용자이자 꽤 많은 거래를 했다는 증거다. 딱히 거래할 물건이 없을 때도 나는 종종 당근마켓을 살핀다. 재미있는 판매 글이 많이 보이기 때문이다. 바퀴벌레를 잡아 달라, 무거운 물건을 옮겨 달라, 길에서 방황하는 개 주인을 찾는다……. 그중에서도 가장 기억에 남는 건 함께 삼겹살에 소주 한잔을 할 사람을 찾는 글이었다. 자신은 이상한 사람이 아니며, 술값은 자신이 내겠다는 내용이었던 것 같다.

 얼마나 외로우면 당근마켓에서 술친구를 찾는 걸까. 나는 그 황당한 글에서 왠지 모를 간절함을 느꼈다. 그런데 외로운 사람은 작성자뿐만이 아니었던 모양이다. 꽤 많은 이용자가 그 글에 관심을 보이며 '하트'를 눌렀다. 작성자와 채팅까

149

지 한 이용자도 몇 명 있었다. 그날 거래는 성사됐을까. 성사됐다면 그들은 술잔을 기울이며 무슨 이야기를 나눴을까. 소주는 민망함을 허물고 서로가 서로에게 건너갈 수 있게 해 주는 징검다리가 돼 주지 않았을까. 그런 상상이 모여 소설의 씨앗이 됐다. 우리가 아무리 비대면 시대를 산다고 해도, 사람은 결국 다른 사람의 온기가 없으면 시드는 존재다.

얼
리
지

최유안

이것은 고아한 품격의 세계다. 풍요와 자부의 상징이며 핏물이 낭자하는 정념의 세계다. 오로지 한 잔이 만들어 내는 불가해한 감각의 세계이고 정답 없는 지식의 세계다. 성찬과 전투의 세계. 이것에 대해 정의를 내리려는 사람은 많지만 성공한 사람은 없다. 그것은 어지러운 정사로 가득한 우주에서 겨우 먼지 조각에 불과한 인간이 대체 무엇을 위해 존재하는 생명체인지 고민하는 일과 다름없기 때문이다. 방법은 오직 하나, 어떤 식으로도 정의 내리려 하지 않는 것뿐이다.

책등을 안쪽으로 넣어 잡지를 둥글게 말아 왼손으로 받치고 팔은 좌석 한쪽에 기댄 채 나는 그 문단에서 막 빠져나왔다. 오른손은 힘을 거의 빼고 와인 잔의 얇은 립 부분을 엄지

손가락으로 문질러 대는 중이었다. 너는 이제 막 우아한 심해의 입구에 도착했다. 입구는 넓고 검고 그것을 빨아들이는 구멍은 블랙홀처럼 황홀하고 감각적이다. 이음매가 없는 유리 막은 나를 똑바로 바라보며 그렇게 말했다.

에어프랑스의 선택은 파올로 바쏘였다. 지상보다 기압과 습도가 낮은 공간의 특성을 살려야 하는 데다 후각과 미각이 전체적으로 둔감해진 이들을 위해 아로마가 풍부하고 대중적인 빈티지를 골라 넣었을 것이다. 샤르도네 55%, 피노누아 30%, 나머지는 피노 뮈니에로 처리한 로랑 페리에, 샤블리 비에이 비뉴의 2016년 빈티지 샤르도네, 랑그독 샤또 라 쏘바존의 가파른 산비탈이 만들어 낸 2016년산 쉬라, 보르도 샤또 보 시떼의 2012년 까베르네 소비뇽.

오렌지빛으로 묽게 떠오른 가장자리가 포도의 숙성 정도를 알린다. 2012년과 2016년은 포도 농작이 쉽지 않은 해였다. 2012년 보르도에는 비가 많이 내렸고 일조량도 적었다. 2016년 부르고뉴는 잦은 우박으로 애를 먹었다. 좋은 빈티지가 아니었음이 분명한데도 선택된 이유는 덕분에 값이 대중화된 탓 아닐까, 나는 생각한다.

와인을 만드는 데 기후와 일조보다 중요한 건 토양이다. 포도나무는 토양이 척박할수록 질 좋은 열매를 꾸려 낸다.

최유안

양분이 적고 물 빠짐이 심한 땅에서는 포도가 물을 찾아 뿌리를 깊이 내린다. 흙에서 뽑아낸 미네랄을 열매에 차곡차곡 담는다. 마른 흙을 내치고 싱싱한 뿌리를 힘차게 아래로 뻗어 내는 완전한 생명력, 그것은 상부토가 비옥한 곳에서는 좀처럼 일어나지 않는 일이다.

신기한 일이지, 떠먹여 주는 영양분은 좀처럼 받아먹지 않는 게 생명의 본능이라는 사실은. 저항할수록 흥분하는 인간을 닮았어. 그걸 저항이라고 착각하는 건 물론 지독한 몽상이고.

와인 잔 베이스를 잡고 살짝 흔들자 잘 닦인 잔 안에서 핏물 같은 와인이 강하게 소용돌이쳤다. 중심으로 공기가 함께 빨려 들어가며 액체는 발향을 시작했다. 블랙커런트, 검붉은 딸기, 가죽과 삼나무가 균형 잡힌 바디감을 견고하게 내뿜는 향. 와인을 처음 만났을 때 나를 매료시켰던 그 향을 맡으면 나는 어느 상황에서든 묘한 안도감에 빠진다.

디플로마를 따낸 사람이 많지 않아 한국에 들어오면 분명할 일이 도처에 넘칠 거라고, 임 교수는 말했다. 와인계에 존재하는 직종이 소믈리에뿐만은 아니라는 것을 알려 준 것도 임 교수였다. 와인은 새로운 직업들을 계속 만들어 낼 거야. 사람들은 먹고살 만해지면 즐길 거리를 찾는 법이거든. 시연아, 해야 할 일은 정말 많고 그 길을 아는 사람은 드물어. 갈 길을 직접 찾아 나서는 사람만이 대체 불가능성을 유지할 수 있으니까. 그렇게 말하는 임 교수는 습관처럼 테이블 위에 놓인 물컵을 샴페인 잔 돌리듯 스월링하는 중이었다.

그는 스스로 시음보다 음용을 좋아한 탓에 월드 마스터가 되지 못했다고 말했다. 나는 그가 시음보다 음용을 좋아한 덕에 교수가 됐다고 생각한다.

호출 버튼을 누르자 승무원이 조용히 다가와 내 옆에 섰다.

까베르네 소비뇽을 평소 따르는 양의 5분의 1만 주세요. 입만 축일 수 있을 정도면 됩니다.

승무원은 몸에 익은 건조하고 상냥한 미소를 지으며 갤리로 들어갔다. 탑승한 직후에는 샤르도네를, 그다음에는 쉬라를 선택해 모두 같은 방식으로 주문했다. 그때마다 그들은 고객의 의도를 궁금해하거나 소모적인 질문을 하지 않았고 매번 예의 바르게 깊숙이 고개를 끄덕여 인사하고 준비에 들어갔다.

전혀 다르게 보이는 승무원과 소믈리에는 사실 비슷한 데가 많다. 안정이 보장되지 않은 폐쇄적인 공간에서 자족적으로 서비스해야 하는 그들의 모습에 나는 무척이나 호감을 느

최유안

낀다. 예의가 몸에 배어 있고 서비스는 기대를 충족시키기 마련이다. 승무원 중에는 소믈리에 자격까지 겸비한 이도 많다고 들었다. 어쩌면 직업이라는 건 닮았거나 닮지 않은 일의 부분들을 이리저리 헤쳐 만든 허상의 구역을 일컫는 말이었을까.

영종도로 이어진 고속도로가 막 보이기 시작한 비행기 안에서 한국에 돌아가는 마음에 관해 이야기하자면, 사실은 엉뚱하다. 내게는 꿈이 없고, 와인은 나를 애걸하게 하지 않는다.

그럼에도 와인이 꿈이냐고 누가 내게 묻는다면, 나는 '아마 맞을 거'라고 답할 예정이다. 그것이 나의 빈곤한 삶을 채워 주는 것이라면, 기꺼이 그렇게 답할 것이다. 빈약한 나의 일상은 넝쿨식물의 열매에 불과하던 포도 알갱이들을 압축하며 만들어 낸 풍미로 더 날카로워진다. 칼날이 박힌 스크루를 삼키듯 와인 한 모금을 씹어 목 안으로 밀어 넣는다.

*

디플로마를 취득하면 즉시 찾아오라던 임 교수는 자신의 연구실 문 앞에 서 있는 나를 보고 도리어 놀란 눈치였다.

네 후각은 파멸적인 데가 있었지. 유순한 미치광이 같았다.

나는 그 문장을 다시 만나서 반갑다는 말로 알아들었다. 길고 구불구불한 머리를 뒤로 넘기고 눈만 가린 것 같은 작고 둥근 안경을 손가락으로 살짝 올리며 나를 보고 환하게 웃는 임 교수의 얼굴이 그 말을 그런 방식으로 받아들여야 한다는 걸 상기시켜 주고 있었다.

절박함은 통찰을 파생시켜. 번듯하고 안정된 직장을 다니다가 갑자기 와인을 배우겠다며 학교로 들어온 네가 바로 그런 경우였고.

임 교수의 쓸데없이 비상한 기억력에 나는 웃는 것 말고는 별다른 대응책을 떠올리기 힘들었다. 임 교수가 말을 이었다.

너는 참 보기 드문 학생이었지. 그렇게 아껴 모은 돈으로 결국 유학까지 다녀올 줄이야.

대화가 거기서 끝났더라면 나는 아마 임 교수가 나를 비꼬는 중이라고 생각했을 것 같다. 임 교수는 내가 합격한 디플로마 시험에도 관심이 많았다. 요즘은 시험이 어떤 환경에서 이루어지는지, 단계마다 심사 과정이 어떻게 다른지 궁금해했다. 실기 시험에서는 어떤 방식으로 분야를 나누는지, 와인 이론과 블라인드 테이스팅은 어떤 환경에서 이루어지

최유안

는지, 레드와인 디캔팅과 마리아주는 어떤 방식으로 테스트하는지, 그는 물었다.

임 교수는 새로운 이야기를 듣는 것처럼 동그랗게 뜬 눈으로 주의를 기울여 내 말을 들었다. 다만 이야기를 듣다 말고 자주 멈춰 세워 자신이 알고 있는 와인에 대한 지식을 풀어놓았다.

고대 이집트부터 포도를 으깨어 즙을 짜내고, 레드와인과 화이트와인을 구분한 데다가, 와인에 세금을 부과할 정도로 산업의 형태를 갖추고 있었대. 참, 바쿠스가 들고 있는 술이 와인이었던 건 알지?

그의 문장은 수시로 맥락을 잃었고 그럴 때마다 나는 할 말을 잃었으며, 임 교수는 그런 나를 흥미롭다는 듯 쳐다보고 있더니 마지막 말을 붙였다.

그런데 그거 아니? 전문가란 능력이 아니라 고집에 붙여주는 말이야.

나는 그제야 임 교수의 말을 제대로 알아들었다. 네가 따온 디플로마라는 게 그리 대단한 것은 아니라는, 능력의 자리에 허영심을 채우지는 말라는, 조언을 빙자한 충고. 나는 고개를 주억였다. 싱겁게 웃어 보이기까지 했다. 본인이 네 번이나 떨어졌던 시험에 붙어 온 학생의 마음속에 대체 불가

능한 인물로 붙박이고 싶은 교수라면, 왜 아니겠나. 전문가
란 고집에 붙여 주는 말이야. 그따위 자격증이 전문성의 깊
이를 완벽하게 대변하지는 않는다는 뜻이야.

연구실을 나오는 길에 임 교수는 나를 불러 세우고는 잠
시 멈칫하더니, 2주 뒤 월요일 저녁에 무엇을 하는지 물었
다. 나는 찜찜한 표정으로 휴대폰 캘린더 앱을 열었다. 어쩐
지 임 교수의 제안이 마음에 들 것 같지 않았고 뭐라도 말하
고 싶었는데 다행히 일정이 적혀 있었다.

업계 사람들과 미팅이 있어서 시음회를 하고 있지 않을까
싶은데요.

나는 어쩐지 으쓱해졌다. 나 역시 임 교수의 도움 없이 혼
자 힘으로 충분히 자립할 수 있는 전문가, 이를테면 고집이
있는 사람이라고, 그 문장이 나 대신 말해 주는 것 같았다.

그러자 임 교수는 조금 더 어조를 높이며 말했다.

그러면 괜찮은 모임이 있는데 이쪽으로 올래?

내 약속은 '괜찮'지 않다는 말인가. 그가 쓴 강한 어조도
아무렇지 않은 표정으로 붙인 형용사도 무척 권위적으로 느
껴졌다. 그게 아니라면 임 교수와 내가 만들어 놓은 관계의
터전이 이토록 보잘것없는 탓이겠지. 어쨌든 그 말 한마디에

이상하게 부아가 치민 나는 불긋해진 얼굴을 감추지 못한 채 할 말을 고르고 있었다. 그러나 임 교수는 앞으로 내 입에서 나올 말이 무엇이든 삼켜 버릴 기세로 말을 이었다.

그냥 이쪽으로 오지 그래?

나는 또 그냥 웃었다. 그의 문장은 물음표로 끝났지만 묘하게 강렬한 마침표를 숨기고 있었다. 그는 그제야 그레이 커런트가 한국에 온다는 사실을 알렸다.

커런트와 대면할 기회가 흔하지 않다는 걸 모를 리 없잖아.

나는 임 교수의 얼굴을 빤히 쳐다보다가 입술 사이로 요연한 문장을 뱉어 냈다.

영광이죠, 교수님.

그 말을 끝으로 나는 임 교수의 연구실을 빠져나왔다. 영광이라니. 복도 어딘가 창문이 열려 있는지 날카로운 바람 소리가 들려왔다. 미세한 어지럼증 때문에 몸이 자꾸만 오른쪽으로 기우는 것 같았다.

임 교수의 말대로 커런트의 방한은 이미 몇 달 전부터 와인업계를 떠들썩하게 만든 뉴스였다. 커런트는 한국의 와인 산업계가 비약적으로 커가는 상황을 주목하고 있다고 했다. 한국인들이 프랑스와 미국, 스페인과 남아메리카 등지에 좋은 와이너리를 보유하고 좋은 질의 상품을 만들어 내고 있어 눈여겨보는 데다, 한국인 출신의 월드 클래스 소믈리에가 배출될 가능성이 커지고 있다는 데도 동의했다. 이런 상황에 전격 방한이니, 나 역시 그 소식을 모를 리 없었다. 살아 있는 전설의 인물 커런트를 마주하는 자리니 흥분에 날뛰어도 모자랄 지경이어야 했다. 그러나 복도를 빠져나오는 나는 더없이 차분했다. 임 교수가 커런트의 비공개 모임에 참가할 수준이라니, 대한민국 땅에 내세울 만한 와인 전문가가 아직도 없다는 생각을 조금 더 길게 했을 뿐이었다.

*

그레이 커런트는 와인업계에 있는 사람이라면 귀에 익지 않을 수 없는 인물이었다. 마크 저커버그나 일론 머스크처럼, 모르는 게 죄가 되는 인물, 모를 수 없는 인물.

나는 디플로마를 딴 직후 그에 대해 썼다. 그가 얼마나 졸렬한 방식으로 와인 산업계를 이끌어 왔는지. 그것이 와인의 전통과 얼마나 다른 방향성을 갖는지. 나는 내가 그의 대척점에 서는 방식으로 와인을 공부해 왔다는 사실을 자랑스럽게 생각해 왔다.

그를 만나는 날이 다가올수록 두려움도 조금씩 또렷해지

최유안

는 것 같았다. 그의 방식 반대쪽에 서는 것이 와인을 대하는 나의 기본적인 자세임은 틀림없지만, 굳이 그것을 공적인 자리에 내보일 필요까지는 없었다고 생각하기도 했다. 2주를 버티는 동안 실체를 모르는 비공개 모임에 가게 되었다는 사실이 자주 무거운 짐처럼 느껴졌다. 내로라하는 와인 전문가들이 모일 자리가 분명했고 주니어라도 그들이 나누는 대화의 내용을 알아듣지 못하는 참사는 없어야 했다. 나는 디플로마 자격시험을 위해 준비했던 자료들과 최신 기사들을 꺼내다시 읽기 시작했다. 전문가란 능력이 아니라 고집에 붙여 주는 말이야. 임 교수의 말은 잊을 만하면 한 번씩 생각나 내 안을 무참히 휘젓고 다녔다. 묘하게 설득력 있는 말이었다.

그렇게 여러 번 분분히 흔들리다 어느 순간 나는 우연처럼, 아니 어쩌면 당연하게도 샤또 쿠라를 발견했다. 프랑스 와인 거대 산지 보르도에 있는 이 와이너리를 커런트가 몇 년째 눈여겨보고 있다는 소식을, 쿠라가 아니라 쿠라를 궁금해하는 많은 언론이 뿌려 댄 대대적인 홍보성 기사를 다시접하게 된 것이었다. 덩달아 이전에는 눈여겨본 적 없던 뉴스들도 읽기 시작했다. 커런트가 쿠라의 와인을 추천하며 이번 계기로 아시아 와인이나 전통주에 관해 깊이 공부할 의향이 있다고 말하는 인터뷰 같은 것들이 그랬다. 커런트는 꽤 오랫동안 한국의 술 문화에 관심을 두었던 것처럼 보이기도 했는데, 커런트의 평가 방식이 다분히 상업적이라고 꼬집는 글을 몇 번이고 써 댔던 한국인으로서 나는, 커런트를 검색해서 딸려 나오는 내 글을 바라볼 때마다 이상하게 머쓱해지곤 했다.

와인업계에서 커런트의 입지란 사실 내가 가늠할 수 있는 정도의 것이 아니었다. 그가 얻은 정도의 명성은 실력이나 운, 어느 한쪽으로만 얻어질 수 있는 것이 아니었으니 당연한 일이었다. 커런트의 말 한마디가 한 해 포도 농사의 가치를 결정하게 되자 그의 입맛에 맞춘 와인을 내놓는 와이너리가 생겨날 정도였다. 다만 정통 와인의 최고 산지 프랑스가 신세계 출신 평론가의 말에 큰 영향을 받고 있다는 사실을 떳떳하게 드러낼 수는 없는 일이었다.

상황이 모순적일수록 보르도에 위치한 샤또 쿠라는 더 주목받았다. 프랑스 고급 와인에 대한 품평을 꺼리는 커런트도 샤또 쿠라는 흥미로웠을 것이다. 쿠라는 보르도에 있었지만 한국 국적의 개인이 소규모로 운영하는 와이너리라 프랑스 와인 산지의 높은 콧대를 의식할 필요가 없었으며, 전통적 와인 산지에서 이국의 손으로 빚어낸 조화의 술이라는 스토리를 얹기도 쉬웠다. 와이너리의 이름 '쿠라'는 라틴어로 '배

최유안

려'라는 뜻이었지만, 다정과 관대함으로 내놓는 포도주라기에 쿠라의 와인은 그 값이 너무 비쌌다.

샤또 쿠라가 주목받기 시작한 것은 커런트가 샤또 쿠라의 와인에 30점 만점을 준 시점부터였다. 최신 빈티지에 높은 점수를 주는 데 인색했던 커런트가, 정통 보르도의 맛을 구현해 내는 와인들을 구세계가 아니라 구시대적이라고 비꼬던 커런트가, 이례적으로 샤또 쿠라에서 만든 정통 보르도 와인에는 높은 점수를 부여했던 거였다. 그러면서 쿠라는 보르도 사람들은 물론이고 와인을 마시거나 만들거나 평가하는 거의 모든 이들의 주목을 받기 시작했다.

그 뒤로 커런트에 의해 샤또 쿠라의 초호화 시설이 외부에 밝혀지면서, 그곳에 관한 관심이 다시 수면 위로 떠올랐다. 1990년대 후반에 마르고 척박한 땅을 사들여 와이너리로 만든 샤또 쿠라의 주인 변해효는 한국에서는 이름을 잘 드러내지 않던 재벌 3세였다. 건설회사 오너 집안의 차남인 그는 조부 때부터 시작해 온 집안의 사업에는 도무지 관심이 없는 것처럼 보였다. 거의 모든 재벌 2, 3세들이 미국으로 경영 공부를 하러 갈 때 그는 프랑스에, 그것도 그랑제콜이 아니라 예술 학교에 들어갔으며, 그 뒤로 가끔 그림을 그리고 기타를 연주하는 모습이 포착되기도 했다.

학업을 마친 그는 제 아버지의 부탁으로 한국에 돌아와 단숨에 건설회사 디자인실 과장이 되었는데, 얼마 안 가 프랑스로 돌아가 사는 것이 좋겠다는 짧은 인터뷰를 마지막으로 언론의 시야에서 사라져 버렸다. 재벌가 가십거리로도 일절 등장하지 않았던 변해효는 대중들의 관심에서 멀어졌다. 그런 그가 농부로 이름을 알린 것은 그리 오래되지 않았다. 마흔여섯이 된 지금까지 20년 넘게, 그는 샤또 쿠라의 주인으로 조용한 삶을 선택해 사는 것처럼 보였다.

최근 알려진 바로 변해효는 와인업계에 발을 들인 후에 보이지 않는 곳에서 제법 많은 일들을 해내고 있었다. 여러 번 국내외 와인 소믈리에 대회를 주재한 바 있고, 프랑스와 스페인의 질 좋은 와인을 국내에 들이는 데 중요한 역할을 해냈다. 업계 인사들은 타고난 재력과 물려받은 사업가 기질로 더 많은 활동을 할 것이라며 그를 주목했다. 샤또 쿠라에서 그가 생산한 와인이 각종 회담과 주요 정재계 모임에 사용되기 시작했고, 와인깨나 안다는 유수의 재벌들이 쿠라가 내놓은 와인의 맛을 칭송하기 시작하면서, 젊은 농부인 그는 바깥으로 모습을 드러내지 않을 수 없게 되어 버렸다.

아는 사람은 아는 사실이지만, 세계 와인의 전통적 중심지로 이름을 높인 프랑스 보르도는 매입과 매각을 반복하며

최유안

영리하게 가치를 높이고 있는 지역이었다. 유명한 샤또들은 이미 호텔과 식품회사 같은 곳에 매각되었고, 보르도 샤또 대다수는 보험회사 소유였다. 그 틈에 변해효도 없지 않던 자본을 머리 좋게 활용해 쿠라를 소유했고, 그렇게 만든 예술품 같은 와인에 적지 않은 값을 매겨 시장에 내놓았다. 자본주의에서는 돈이 힘이고, 돈이 힘인 곳에서 부르는 게 값인 와인을 만들어 값을 붙이는 게 무슨 문젯거리나 되는지 모르겠고. 그런 생각이었으니 쿠라를 만든 자가 한국의 한 건설회사 재벌가 아들이었다고 한들 무슨 콧방귀나 뀔 일인가 싶긴 했다. 돈 있는 집 자식이 있는 돈 좀 쓴다고 해서, 그게 뭐 대수라고.

결국 쿠라의 최고급 라인 에스토는 물론이고 저렴한 라인조차 품귀 현상이 나타나면서, 그것을 취재하는 한국 기자들도 차츰 많아지기 시작했다.

그러한 까닭에 이미 탐사 보도 전문 기자 몇이 변해효의 와이너리를 통해 기업의 탈세가 이루어진 상황과, 출처를 알 수 없는 자본으로 치덕대는 쿠라의 이면을 추적해 보도했음에도 불구하고, 그 추적에 대한 관심은 더 멀리 뻗어 나가지 못했다.

변해효가 입고 나타나는 옷, 모자, 신발이 모두 SNS에 회자되었고, 사람들은 그을린 얼굴에 털털한 옷차림으로 와이너리에 나타나는 농부 변해효를 여론 몰이라곤 할 줄 모르는 선량한 사람이라고 추켜세웠다. 어느새 대한민국의 유일신이 되어 있는 자본과 그것의 올바른 쓰임에 대해서는 누구도 입에 올리지 않았다. 그러게, 돈 있는 집 자식이 자기 돈 좀 쓴다고 해서, 그게 뭐 대수라고.

와인 전문가로서의 나 역시, 변해효나 샤또 쿠라와 적당한 간격을 두고 정보를 취할 뿐이었다. 개인적으로 알 길 없는 연예인 뒷이야기처럼, 그런 사람도 있구나, 재밌는 일도 있지. 그것은 나와 하등 관련 없는 일이었으니 당연했다. 내 관심은 일개 와이너리도 재벌도 돈도 아닌 오로지, 오로지 와인이니까. 와인은, 인류의 문화적 보고이며, 가장 지적인 술이니까.

그도 그럴 것이, 내게 와인은 일종의 예술이었다. 나오는 것마다 다른 맛과 향을 내는 포도주는 차라리 예술의 영역이었고, 나는 그것을 경험하고 알리는 예술가였다. 나의 관심은 오로지, 오로지 와인이고, 그래야 마땅했다. 나의 우상 잼머 로빈슨과 그의 경쟁자인 그레이 커런트뿐 아니라 수많은 와인업계 사람들이 말했다. 우리는 오로지 와인으로 존재를 인정받는 사람이라고.

최유안

나는 와인에 집중하는 내 모습이 좋았다. 굳이 잘 다니던 회사를 집어치우고 와인 공부를 시작한 이유가 그거였을지도 모르겠다. 나는 술이 좋다기보다 와인이 좋았다. 와인은 내게 절박함보다 고결함이었다. 각박한 세상 속에 살더라도 고고함은 잃지 않겠다는 일종의 비기였다.

그것은 24시간 업무가 돌아가던 상사를 그만둔 이유이기도 했다. 지구 반대편에 있는 바이어와 새벽 시간에 통화하며 와인 가격 500원을 내릴지 말지 입씨름할 때도 내 눈앞에는 와인 한 병이 있었다. 바로 그때가 내가 사직서를 내야겠다고 결정한 순간이었다.

그러니 와이너리를 재벌이 샀든, 재벌 3세가 샀든, 그것이 탈세 연루 의혹을 받고 있든, 창창한 재벌 3세의 일상에 대한 대중의 호기심이든, 다 내 관심 밖의 문제였다. 필요 이상의 것에 관심을 두면 일을 그르치기 십상이었다. 사소한 것들을 문제 삼아 앞으로 나아가지 못하는 건 게으름에 대한 변명에 불과했다.

진짜 고수는 다가올 폭풍우를 피해 수백 미터를 운전해 가는 자가 아니라, 폭풍우 속에서 견디는 법을 익힌 사람이다. 그러니까 핵심은 내가 그런 문제를 인지하고 굳이 짚어내는 데 있을 리 없었다.

나는 와인에 관해 계속 더, 잘 알고 싶었다. 이왕이면 이 세계의 중심으로 들어가고 싶었다. 중심에 서 있는 느낌이 어떤 건지 궁금했다. 그런 순수한 호기와 열정이 뿌리를 뻗어 닿은 곳마다 숨어 있는 미네랄을 힘껏 빨아들이며 가지에 살을 붙여 가기를, 실한 열매를 맺기를 원했다.

커런트가 쓴 책의 어느 구석에 적힌 한 구절을 읽은 후에, 나는 메모지를 가져와 펜으로 꾹꾹 눌러 그 문장을 받아썼다.

와인은 인류와 역사를 함께했다. 와인의 맛과 향과 색이 다양하고 깊어졌다는 것은 인류도 그만큼의 시간을 쌓으며 진화했다는 뜻이다. 와인이 세상에서 가장 지적인 술이라고 말하지 않을 도리가 있는가.

디플로마를 준비하는 내내 내게 일종의 방향, 가야 할 길과 같았던 이 문장이 커런트의 책에 나오는 문장이었다는 것을 깨달은 지금, 내 몸 깊은 곳은 화끈거리고 있었다.

*

임 교수가 모임의 호스트라는 사실에 나는 한 번 더 놀랐다. 진짜 와인을 마시는 사람들이 무슨 업장에서 모이겠냐며, 찍어 줄 주소로 찾아오면 된다고 전화 속 임 교수는 말했다. 임 교수가 서울 외곽에 와인 별장을 갖고 있다는 말은 이미 동문 사이에서 널리 퍼진 말이었다. 그래도 아무나 초대하지는 않았는지, 별장에 가 봤다는 사람은 없었다.

임 교수는 가벼운 옷차림에 가벼운 마음으로 오라고 했지만, 나로서는 전혀 그렇지 못한 기분이었다. 마침 공기에도 눅눅한 습기가 돌았다. 비도 조금씩 내리기 시작하는 참이었다. 아이보리 색상의 얇은 스웨터에 검은색 와이드 슬랙스를 입고 나와 지하철을 타고 서울의 동쪽 끝까지 이동한 후에, 역 밖에 나온 나는 잠시 서성이다가 꽃집으로 들어갔다. 빈손으로 갈 수는 없으니 꽃다발이라도 사 가야 마음이 조금이라도 편할 것 같았다. 꽃은 시각적 재미를 주는 장식으로 환영받아 마땅하지만, 오늘처럼 와인에 집중하는 자리에서는 향과 맛을 건조하게 만들 수 있으므로 지양하기 마련이었다. 물론 향이 없는 꽃을 고를 안목이 있다면 상관없겠지만.

향이 적은 꽃을 고르는 손님에게 수상쩍은 표정을 감추지 못한 얼굴의 플로리스트는 노란색 심비디움 위주로 다발을 만들어 건네며 말했다.

물 위의 배에 앉아 있는 귀부인을 닮은 꽃이랍니다.

꽃말 따위 무엇이든 별로 중요할 건 아니지 않느냐는 듯,

나는 신용카드를 불쑥 내밀었다. 진한 갈색 앞치마를 입은 플로리스트가 카드를 받아 정산하는 동안, 나는 노란 귀부인을 닮았다는 그 꽃을 바라보았다. 꽃말보다 걱정인 것은 오늘 마실 와인이었다. 환담을 빌미로 은근히 실력을 가늠하듯 블라인드 테스트라도 벌어지면 어쩌나 내심 걱정되었다.

나는 손바닥을 폈다 오므리기를 반복하는 중이었다. 오금이 저려 왔다. 와인의 종류는 지도에 펼쳐진 수백 개의 와이너리와 그 와이너리들이 만드는 수십 개의 조합만큼이나 많고, 빈티지 수는 인간이 사는 연도만큼이나 많고. 세상에 존재할 수 있는 와인의 숫자는 인간의 숫자보다 많았다. 구세계와 신세계, 탄닌과 과즙, 베리와 흙냄새, 기후, 지형, 토양을 따져 묻는다면, 어떻게 한 인간이 지구상에 존재하는 와인의 맛을 다 알겠는가 말이다.

꽃집 앞에 서 있던 빈 택시의 문을 열고 들어가자 한순간에 습한 공기가 택시 안으로 함께 들어왔다. 목적지를 알려 준 후에 몸에서 이상한 냄새가 나지 않는지 킁킁댔다. 소리가 난데없었는지 룸미러로 뒷좌석을 확인하는 택시 기사와 두어 번 눈이 마주쳤다.

아파트가 줄지어 뻗친 도심을 빠져나와 낮고 커다란 구릉

최유안

을 두어 번 지난 후에 택시는 속도를 줄였다. 마치 거대한 분지 안으로 들어가는 것처럼 크게 돌던 차는 이윽고 키가 큰 나무들로 빽빽하게 가려진 정원이 담벼락처럼 보이는 어느 집의 현관 앞에 멈췄다. 정원에서 비죽거리며 담장 너머로 흘러나온 나무가 현관 초인종까지 가지를 뻗어 내는 중이었다. 노출 콘크리트로 덕지덕지 마감한 벽이 붉게 착색된 대문을 붙들고 있고, 문틀 위로 튀어나온 CCTV가 나를 쏘아보듯 비췄다. 초인종을 누르고 나는 버릇처럼 체취를 점검하듯 킁킁댔다. 문이 열리자 안쪽의 정원이 더 울창하게 보였다.

발을 뻗어 안쪽으로 들어갔을 때 제일 먼저 눈에 띄는 것은 정원 한가운데 놓인, 천장과 마감이 회색인 직각 건물이었다. 사방이 투명한 창으로 이루어져 있고 창문에는 거대한 비구름 떼가 바깥의 풍경을 그림처럼 비추는 중이었다. 잘 가꿔진 아담한 크기의 나무들은 회색 건물을 받쳐 주듯 양 갈래로 서 있었다. 정원 가운데로 난 길에 징검다리처럼 박힌 돌들을 밟고 안으로 들어가면, 산속에 홀로 우뚝 서 있는 것 같은 모양의 사각형 회색 건물에 닿을 수 있었다.

정원에는 와인을 옮길 때 쓰는 발목 높이의 참나무 상자가 군데군데 놓여 있었는데, 넝쿨이 상자들을 저마다 감싸 휘감은 모양으로 자연스레 통이 넓은 화분이 만들어져 있었다. 그것을 물끄러미 바라보다 고개를 들었을 때, 정원으로 이어지는 테라스로 천천히 걸어 나오는 사람 둘이 눈에 띄었다. 손을 크게 벌린 채 집의 이곳저곳을 설명하는 그 사람은 임 교수였다.

그리고 임 교수 옆에는 사진과 영상으로만 보던 그레이 커런트가 있었다. 딱 붙지도 너무 헐렁하지도 않은 흰색 폴로 티셔츠와 밝은 색감의 청바지를 입고, 바람에 흰 머리카락을 날리며, 테라스 쪽으로 한쪽 팔을 뻗어 몸을 살짝 기울인 커런트가.

마치 그레이 커런트를 잘 아는 사람처럼, 임 교수는 커런트의 귀 끝에 입술을 바짝 붙이고 나긋나긋 비밀 이야기를 나누는가 싶더니, 이윽고 나를 발견하곤 밝게 웃으며 손을 흔들었다. 완벽한 이방인처럼 서 있던 나는 고개를 숙여 인사했다. 임 교수는 오른쪽으로 반원을 그리듯 내게 지시하는 수신호를 보냈다. 건물을 크게 돌면 안쪽으로 들어오는 현관문이 있다는 말 같았다. 몸을 돌리자 때를 기다렸다는 듯 굵은 빗방울이 팔뚝으로 떨어졌다.

현관 가까이 다가갔을 때, 임 교수와 커런트는 나를 마중하듯 테라스를 빠져나와 문 쪽으로 다가왔다. 커런트는 나를 향해 여유롭게 웃고 있었다. 그런 얼굴 앞에 불현듯 인사말

최유안

이라도 해야 할 것 같았다. 그때 눈에 띈 것이라곤 팔뚝으로 떨어진 차가운 빗방울이었다.

비가 오기 시작하는 것 같습니다.

왼편에 서 있던 임 교수는 반가운 친구를 맞이한다는 듯, 나를 가볍게 안으며 대답했다.

그래, 소비뇽의 마구간 향이 더 농축될 법한 날이네.

그런 식의 표현이 다른 사람에게 어떤 느낌을 받게 만드는지 임 교수는 전혀 관심 없었다. 그에게도 나에게도 와인은 삶이지만, 모든 이에게 삶의 방식이 같을 수는 없는 일이었다. 임 교수의 곁에 서 있다가 불쑥 말을 꺼내는 커런트 역시 자신만의 방법으로 와인을 체화시켜 왔겠지.

조건이 좋은 해에는 모든 양조업자가 우수한 와인을 생산할 수 있지만, 사실 진짜 실력은 환경이 나쁜 해에 빚어낸 술에 달렸지요. 날씨 자체가 중요한 게 아닙니다. 날씨에 대한 대응력이 중요하죠.

커런트의 말에 임 교수는 만족스럽게 웃었다. 나로서는 이것이 앞으로 수 시간 이어질 대화의 방식이라는 사실에 절망했다.

커런트가 말을 이었다.

그런 순발력과 대응력이 와인을 대하는 우리의 태도가 되어야겠지요.

그의 말이 끝난 후에 나는 임 교수에게 심비디움을 중심으로 꾸린 꽃다발을 건넸다. 임 교수는 밝은 미소를 보이며 그것을 받았다. 칭찬도 이어졌다.

잘 골라왔구나.

그 옅은 노랑의 가느다란 잎을 가진 꽃의 이름이 심비디움이라는 것도, 심지어 꽃말이 귀부인이라는 것도 임 교수는 알고 있었다.

나는 멍한 눈으로 임 교수를 바라봤다. 임 교수의 말도 자꾸만 머릿속에 맴돌았다. 그런데 그거 아니? 전문가란 능력이 아니라 고집에 붙여 주는 말이야.

임 교수의 별장 안쪽은 전체적으로 원목과 진회색의 색감으로 이루어져 있었다. 채도가 낮은 남색 철제 현관문을 통해 안쪽으로 들어간 후에 좁은 복도를 걸으면 바깥의 빛이 통유리창으로 한꺼번에 쓸려 들어오는 거실이 등장했다. 유리창 바깥으로 짙다 못해 검어진 구름이 정원의 나무들을 잔디에 사영하듯 펼쳐져 있었다. 바깥 테라스로 이어지는 통유리창 한쪽 문은 임 교수와 커런트가 들어오면서 닫았는지 단단히 잠겨 있었다.

은밀하고 폐쇄적인 데가 있는 복도와, 외부로 완전히 공

최유안

개된 거실의 이질적인 경계에서 나는 재빨리 집 안으로 들어가지 못하고 머뭇거렸다. 원목과 진회색이 뒤섞인 복도, 목이 길고 붉은 꽃병이 놓인 작은 탁자, 아일랜드 식탁이 놓인 개방형 부엌을 지나면, 이 집에서 가장 내밀한 공간이 등장하는 것 같았다. 소리를 죽인 채 대화를 나누는 사람들의 목소리가 들려오고 있었다. 그곳이 내가 도달해야 할 곳이라는 걸 커런트와 임 교수의 손짓으로 알 수 있었다.

발을 뻗다가 나는 문득 아래를 바라보고 걷는 속도를 줄였다. 거실의 바닥은 거실 너비에 꼭 맞게 짜 맞춘 투명한 강화 유리로 만들어져 있었는데, 깊은 지하실이 안개로 가린 것처럼 흐릿하게 들어왔다. 간접 조명들 사이에 맥연히 보이는 것은, 조명 때문에 이따금 난연해지는 검은 병들이었다. 아찔함에 양발을 못 박은 채 나는 뚫어지듯 시선을 아래로 고정했다. 그러자 동공 전체를 채우며 꽂히는 것들이 있었다. 수십 층으로 쌓여 있는, 가끔 조명에 날카로운 빛을 내는 유리병들이었다.

마치 잘 정돈된 책장처럼, 빈틈없이 켜켜이, 수천 개 정도는 될 법한 병들로 채워진 그곳은 오로지 와인을 위한 창고였다.

*

    와인을 직업으로 삼는 사람들에게 음식과 와인의 궁합을 디자인하는 일은 중요한 작업 중 하나다. 자격시험을 준비할 때 이 사실을 수없이 많이 들었다. 음식과 와인 궁합이 좋을 때는 서로의 풍미가 결합하면서 그 맛을 한층 업그레이드시킨다. 굴과 리슬링, 과일과 로제, 뭉근히 조린 고기와 보졸레. 와인과 음식의 좋은 마리아주는 그들 사이의 관계라고 해도 좋다. 한쪽 상대를 압도하지 않고 조화를 이루는 모습. 그것은 서로 교감을 나누는 모습과 다르지 않다. 합이 좋지 않은 관계에서는 각자가 제 존재를 부각하느라 화음을 깬다. 칠리 소스를 입혀 구운 닭고기를 캘리포니아 샤르도네와 함께 먹는다면, 와인은 산도를, 닭은 매운맛을 더욱 강렬하게 뿜어낼 것이다.

    지금 나는 내 옆에 있는 사람 중 누구도 내가 이곳에 어울리는 인간이 아니라는 사실을 눈치채지 않길 바랐다. 인간관계에도 마리아주가 있다면 커런트와 내가 함께 만들 맛은 분명 아주 형편없을 테니까.

    임 교수의 소개를 받은 커런트는 아홉 명의 손님들 앞에서 이야기를 꺼냈다.

최유안

와인은 겸손의 술, 경외의 술, 기쁨의 술 아니겠습니까? 뜻 깊은 곳에서 함께할 시간을 제공해 주셔서 영광입니다.

커런트의 소개를 마친 임 교수가 다음으로 한 명 한 명 자리에 있던 사람들을 소개했다. 와인 수입상, 와인 판매 체인 사장, 와인 매거진 편집장, 어디선가 들어 본 적 있었거나 한 번도 들어 본 적 없는 이들의 이름이 탁자 위로 올라왔다. 그 자리에 내가 있다는 사실이 나는 어색했으며 불현듯 난처해지기까지 했다. 그것이 감격을 동반한 긴장감이라면 그럴 수도 있었다. 그즈음 임 교수가 내 쪽을 가리키며 인사를 권했다.

얼마 전 디플로마를 취득한 와인 디렉터 송시연입니다.

디플로마 따위, 정말이지 종잇조각에 지나지 않는다는 걸, 나는 사람들 사이의 녹은 분위기 속에서 깨달았다. 나를 소개하는 수단의 전부인 학력과 경력은 이미 이름 있는 그들에게 무용했다.

어쩐지 주눅 든 채 나는 내 앞에 놓인 빈 와인 잔들만 바라봤다. 내가 커런트에 대한 비판 글을 썼든 말든 누가 관심이나 둘까 싶은 마음이었다. 내가 쓴 글이 과연 좋은 글이었는지도 문득 의심이 들었다. 그러자 부끄러움의 형태마저 달라졌다.

임 교수는 미리 준비해 둔 세 단짜리 서빙 카트로 다가가 와인을 하나 꺼내 왔다. 와인 라벨을 두른 면이 살짝 내려와 글자들이 엿보였다. 임 교수가 자신의 왼쪽부터 직접 서빙하기 시작했다. 호기심으로 가득 찬 사람들의 달뜬 표정도 엿보였다.

커런트를 시작으로 그의 오른쪽부터 차근차근 다가온 임 교수는 내 잔에도 와인을 채우기 시작했다. 찰랑거리며 잔에 담긴 그것은 투명에 가까운 연노란색. 청사과, 허브, 시트러스. 고개를 끄덕이는 몇 사람이 눈에 띄었다. 누군가 높은 톤으로 말했다.

전통적이네요.

왼쪽 라인에 앉아 있던 누군가의 말에 임 교수가 미소를 지으며 말했다. 다정하고 부드러운 목소리로.

아무래도 그렇지요, 샤르도네를 대체할 만한 품종을 찾지 못했답니다.

임 교수의 제안에 화려하지 않은 첫 건배의 순간이 지나갔다. 백악질 토양이 키워 낸 블랑 드 블랑을 사람들은 저마다의 방식으로 향을 맡고 눈으로 살폈다. 적당히 시간을 비워 낸 임 교수가 커런트에게 질문을 시작하자 이번에는 모두의 시선이 커런트 쪽으로 모였다.

와인업계에 새롭고 혁신적인 제도를 많이 만들어 내셨습

니다. 와인의 점수 체계를 30으로 바꾼 이유가 있습니까?

커런트는 눈으로만 잔을 살폈을 뿐, 아직 와인을 입에 대지 않은 상태였다. 저 입술에 얼마나 많은 와인을 대 보았을까, 나는 문득 궁금해졌다.

내 옆에 있던 사람의 깊은 한숨 소리를 들었을 때야, 나는 그에게 주목했다. 임 교수가 와인 매거진의 한동찬 기자라고 소개한 사람이었다. 그는 벌써 잔을 다 비운 후였다. 취기가 올라올 만큼은 아니었을 텐데도 그의 눈두덩이와 귓불에 화사한 붉은색이 돌았다. 나는 왼쪽에 있는 치즈를 가리켰는데, 그는 손으로 가볍게 나의 제안을 거절했다.

100이라는 숫자는 모든 것을 절댓값으로 환산해 버리는 성질을 띠는 이상한, 마법 같은 숫자입니다. 와인은 예술과 심미의 세계이지 점수의 세계가 아니거든요. 그래서 나름대로 여러 항목에 대해 필요한 기준과 수치를 발명해서 객관성을 갖추되, 100이라는 숫자에 얽매이지 않으려고 30점 체계로 만들었습니다.

그러자 임 교수의 왼쪽 옆에 앉은 사람이 물었다.

캘리포니아, 호주, 남아메리카 와이너리에 특히 주목해 오셨습니다. 신세계 와인에 주목한 이유가 있습니까?

구세계에 비하면 훨씬 다양하고 감각적인 맛을 구현합니

다. 남아프리카처럼 완전히 새로운 산지 역시 관심 있게 지켜보고 있습니다.

임 교수가 마침 생각났다는 듯 벌떡 일어나, 와인 냉장고에서 새로운 와인을 꺼내 들더니 와인 냉장고 옆에 있는 받침대에 코르크를 열어 올려 두었다. 커런트가 들고 왔다는 남아공의 최근 빈티지였다. 자신감이 생긴 사람들이 조금 더 질문을 하기 시작했다.

요즘 즐겨 마시는 와인과 마리아주 하는 음식이 있습니까?

남아공 케이프타운 콘스탄시아에서 병입한 소비뇽이 각각의 잔에 조심스럽게 채워지기 시작했다. 붉고 탐스러운 자두를 꾹 쥐어 나오는 것 같은 지독하고 시뻘건 색깔이, 열한 개의 잔에 차례로. 그 순간 내 옆에서 목소리가 튀어나와 공기 중으로 발화되었다.

샤또 쿠라, 그곳을 여러 번 방문하셨죠?

커런트는 목소리가 나오는 쪽, 그러니까 내가 있는 쪽을 바라봤다. 사람들 대부분도 내가 있는 쪽으로 시선을 돌렸다. 이야기를 시작한 사람은 이미 얼굴이 불콰해진 내 옆 사람이었다. 나는 원치 않게 받은 관심이 부담스러웠고, 고개를 조금 숙였다. 그가 말을 이었다.

그곳에 대해서는 어떻게 아셨죠?

최유안

커런트는 잠시 생각하다 말했다.

그곳은 와인에게 천국 같은 곳입니다. 아무런 어려움 없이 와인이 잘 쉴 수 있게 해 준다는 뜻입니다. 24시간 1년 내내 클래식 음악이 돌아가죠. 그곳에 직접 가면 와인에 정성을 쏟는다는 것이 무엇인지 제대로 배우게 됩니다. 와인 숙성을 위한 최상의 환경을 조성한 곳을 꼽으라면 쿠라라고 하겠습니다.

초대받아 가셨고요.

한동찬의 말투는 값싼 스크루 끝처럼 조악하게 꼬여 있었다. 임 교수의 눈빛도 그 순간 한동찬을 쏘아보듯 변했다.

와인 외에 어떤 것도 제 관심이 아닙니다. 그것이 제가 와인을 대할 때 갖는 유일한 원칙입니다.

무관심이 아니라 무지죠.

단어 사이사이에 뱉는 기자의 숨이 거칠어지자 사람들의 우려 섞인 눈이 모였다. 그것이 마치 내게 모이는 시선들로 느껴졌다. 그 시선을 피해 고개를 돌렸다가 괜히 임 교수와 눈이 마주쳤다. 라임빛 셔츠를 입고 자신의 손님들이 다 보이는 자리에 앉아 있는 임 교수는 가운뎃손가락으로 탁자를 가볍게 쳐 대는 중이었다. 샤또 쿠라를 직접 방문한 적이 있는 임 교수로서는 그 주제의 대화를 주고받는 것이 달갑지 않아 보였다.

그 와인을 각종 회담에 올리기 위해 물밑에서 벌이는 일들. 그것에 관해서는 어째서 함구합니까? 그 와인에 처바른 돈에 대해서는요? 그것을 모른 척하는 것은 관심 밖이라서입니까, 모르기로 작정한 겁니까?

그 말을 들은 사람들이 스월링이나 테이스팅을 서두르거나 멈추었다. 가벼운 탄식 소리도 일었다. 맞은편에 앉은 와인 아카데미 원장이 말했다.

싫으면 안 마시면 되는 것 아닌가?

거기서 멈추라는 말로 들렸다.

한 수 배우자고 어렵게 모셨는데, 이럴 거야, 한 기자?

이번에는 임 교수의 말이었다. 미소가 사라진 임 교수가 한쪽 입술을 깨물고 나를 바라보았다. 그는 턱 끝으로 한 기자를 가리키며 내게 신호를 보내는 중이었다.

나는 한동찬을 바라봤다. 그는 마지막 한 모금을 입에 털어 넣고 있었다. 술 냄새가 돌았다. 임 교수가 무언가 말하려고 하자, 이번에는 커런트가 막아섰다. 별일 아니라는 눈빛으로, 부드러운 음성으로 그는 말했다.

우리가 하는 일이 그런 일입니다.

한동찬이 더 큰 소리를 냈다.

최유안

그때마다 받는 수천만 원어치 술, 밥, 잠자리 같은 협찬이 괜찮다는 말입니까? 샤또 쿠라가 사회적 얼리지로 만든 술이라고, 왜 말하지 않습니까?

침묵이 찾아들었다. 시음용으로 6억짜리 1992년산 스크리밍 이글 까베르네 소비뇽 한 잔을 받은 것처럼 몽롱하고 아찔했다. 나는 코르크 마개로 채워진 와인 병을 물끄러미 바라봤다. 와인 병 안에 든 유일한 손실의 공간, 얼리지가 피처럼 붉은 액체 안을 파고드는 중이었다.

임 교수가 이제야 한국말로 그를 저지했다.

한 기자, 그만해. 알 만한 사람들끼리 무슨 행패야.

사람들이 고개를 떨궜다. 내가 그를 부끄러워하는 것처럼, 모여 있는 모든 이들도 커런트 앞에서 그를 한국의 전문가 중 한 명으로 소개했다는 데 창피함을 느끼는 게 분명했다. 엉망이 된 자리를 임 교수는 어떻게 해야 할지 모르겠다는 눈으로 망설이다가, 결심한 듯 내 쪽을 향해 말했다.

송 디렉터, 한 기자 나가신단다. 배웅해 드려라.

나는 벌떡 일어섰다. 옷소매가 한동찬의 걷은 팔뚝에 부딪혔고 나는 한동찬 옆에 멀뚱히 서 있는 것 말곤 당장 할 수 있는 게 없었다. 한 기자가 낄낄대기 시작했다. 숨넘어갈 듯 웃다가 껄껄거리는 소리마저 새어 나왔다. 분명 예의를 갖춘

행동이 아니었는데 누구도 말리지 않았다. 한동찬은 갑자기 소리쳤다.

예, 가 드리지요. 다들 귀한 술 많이 드시며 사십시오.

그렇게 말하고서 그는 정승처럼 서 있던 내 팔을 부여잡았다. 팔목에서는 쥐어짤 듯한 악력이 느껴졌다. 나는 내 팔목을 붙든 그의 모습을 무거운 얼굴로 바라보는 커런트를 슬쩍 봤다. 한동찬은 아무 일도 없었다는 듯 내 팔에 무게중심을 실으며 나갈 듯하다가, 테이블 쪽으로 고개를 틀었다. 그를 위해 마련된 보르도 와인 잔, 부르고뉴 와인 잔, 샴페인 플루트 잔이 모두 비워져 있었다. 한동찬은 작심한 듯 마지막 말을 뱉었다.

선생님들, 이거 다 겨우 술이에요, 술. 정신들 차려요. 여기에 뭐 대단한 예술이라도 있을까 봐?

임 교수가 눈을 질끈 감고 있었다. 나는 힘주어 한동찬의 몸을 끌어내 문 쪽으로 안내했다. 그는 순순히 내 움직임에 끌려 나왔다. 그때 내 눈에 띈 것은 거실 유리 바닥 아래로 난 거대한 와인 창고였다. 지하로 빨려 들어가는 듯한 느낌에 발걸음을 쉬이 옮길 수 없었다. 거실을 가로지르던 한동찬은 중앙에 서서 한동안 꿈쩍도 하지 않고 있더니, 이내 쿵 소리를 내며 오른발을 구르기 시작했다.

최유안

여기 묻혀 있는 거요, 다 그냥 술이라고요, 술, 죄다. 예?

테이블에 있는 사람들을 향해 큰 소리로 말하던 한동찬이 나를 힐끗 보더니 웃었다. 한동찬은 내 팔을 뿌리치고는 앞서 걸어 나갔다. 정확하고 가벼운 걸음으로, 그렇게 걸어 나갔다. 밖에서는 비 오는 소리가 점점 또렷해지는 중이었다. 멀리 천둥소리도 들려왔다. 힘찬 걸음으로 거실을 가로지르던 한동찬은 나를 흘끗 바라보았다.

이상한 일이지만, 나는 그 순간 그가 취했다고 생각하지 않았다. 오히려 그 행위는 이제 막 이 세계에 입성한 나에게 어떤 경고를 하는 것처럼 느껴졌다. 나는 고개를 내밀어 지하 창고를 내려다봤다. 층층이 쌓여 있는 와인들. 그것이 마치 숨겨진 요새처럼 느껴졌다. 그 순간 하고 싶은 말이 생각났다.

그렇다면 기자님도 '무지'한 사람들이 모인 이곳에 오셔서 그 '귀한 술'을 드시면 안 됐을 것 같은데요.

그것은 사실 나를 지켜 내는 말이었다. 너 역시 이 세계에 있다는 것을 잊지 말라는 말이었다. 나 역시 그 세계에 있다는 것을 인정하는 것이나 다름없는 말이었다.

나는 생각했던 말을 입 밖으로 뱉지 못했다. 말은 내가 아니라 한동찬이 걸었다.

당신이나 나나.

한동찬은 그렇게 말하고는 힘차게 묵직한 철제 현관문을 밀어젖혔다. 폭우가 쏟아져 내리기 시작했다. 한동찬은 양팔을 벌리며 천천히 빗속으로 들어갔다. 그러더니 돌아서서 나를 향해 웃으며 말했다.

굴러가는 거대한 톱니바퀴 사이에 멋모르고 끼워졌을 뿐이니까.

나는 그 순간 샤또 쿠라에 대해 읽었던 것들을 떠올리기 시작했다. 쿠라의 와인에 대해, 변해효에 대해, 그의 집안과 돈과 권력이 지켜 온 것들에 대해, 대중적 아무렇지 않음과 무어라도 해 보려던 한동찬의 예의 없음에 대해, 나는 떠올렸다.

몇몇 기자들은 재벌의 비자금이 샤또 쿠라의 젖줄일 거라고 했다. 땅속 깊이 숨겼던 돈이 열매가 되고, 와인이 되고, 다시 자본을 살찌운다고 했다. 그것은 돈이 할 일이니까. 돈이라는 물성에 선악은 없으니까. 겨우 쓰임을 당하는 게 돈이 할 일이니까. 그 자금이 정치판에서 어떻게 사용되었는지가 내게 중요한가. 돈 있는 집 자식들이 있는 돈 좀 쓴다고 해서, 그게 뭐 대수라고.

미네랄을 흡수해 알차게 영근 포도알들로 빚은 와인이 불린 돈은 당연히 더 좋은 술을 만들 기회를 제공했다. 이 술이

최유안

대한민국의 위상을 높이고, 와인 종주국인 나라들을 놀라게 하고, 술 문화까지 세계 수준으로 올라간 것 같은 생각에 한국인들로 하여금 자신감을 돋게 하고, 나고 자란 나라를 더없이 자랑스럽게 만드는, 그것이 돈 아닌가. 돈 있는 집 자식들이 있는 돈 좀 쓴다고 해서, 그게 뭐 대수라고.

나는 정해진 소득도 없는 주제에 와인깨나 공부한 값으로 부듯한 이력을 공상한다. 이런 와중에도 돈은 실체를 갖고 흔든다. 예술도 문화도 세상도 쥐고 흔들어 댄다. 임 교수의 와인 창고도 그랬다. 수천만 원을 호가하는 와인 병들이 떼로 묻힌 저 창고가 그의 유일한 자랑이고 예술이며 문화인데,

씨발, 돈 있는 집 자식이 돈 좀 쓴다고 해서, 그게 뭐 대수라고.

한동찬을 보낸 후에 나는 문을 닫지 못했다. 현관 전실에서서 한동찬이 빗속으로 들어가며 점점 작아지는 모습을 멍하니 바라봤다. 그도 역시, 많아야 월 몇백쯤 받을 월급쟁이에 불과했다.

나는 집 안으로 들어가다가 임 교수의 와인 창고가 아득히 내려다보이는 유리 바닥에 시선이 꽂혀 우두커니 서 있었다. 안쪽에서 사람들의 웃는 소리가 들렸고, 그 소리 속에 섞인 대화 소리도 간간이 들려왔다. 밖에서는 쾅쾅대는 천둥소

리가 더 심해지기 시작했다. 열어 놓은 문과 아래로 뚫린 와인 창고와 깊숙한 곳에서 들려오는 대화 소리 사이에 한참을 있다가 발걸음을 옮기기 시작했을 때, 나는 술을 고르러 막 지하 창고에 들어간 임 교수를 발견했다.

그렇게 투명한 바닥 아래 꽉 채워진 와인 창고에서, 악의 없는 얼굴과 정성스러운 몸짓으로 와인을 고르는 임 교수를 나는 천천히 바라보았다. 그 순간 이상한 오싹함이 내 몸을 스쳤다. 나를 뿌리치고 비바람 속으로 들어가 버리던 한동 찬과 불과 몇십 분 동안 벌어진 일과 그것이 일종의 해프닝에 불과했다는 듯 즐겁게 이야기를 이어 가는 사람들의 소곤 대는 목소리와 거기서 양산되는 무수한 정보와 그 모든 것에 전혀 영향을 받지 않은 채 점점 이름값을 높여 갈 샤토 쿠라의 와인들에 대해 생각했다.

그러므로 이것은, 분연한 권력의 세계였다.

* 와인에 대한 정보는 휴 존슨, 잰시스 로빈슨, 『월드 아틀라스 와인』(그린 쿡, 2020)을 참고하였습니다.
* 작품에 등장하는 인물은 허구임을 밝혀 둡니다.

최유안

이 소설을 쓸 때 나는 자주 괴로웠다. 글의 어조는 매 순간 낮고 건조했고 주인공은 냉정하고 참담한 술의 세상으로 나를 인도했다. 인물을 따라가는 동안 종종 강건한 콘크리트로 지어진 별장 지하를 파서 만든, 비밀스럽고 거대한 고급 와인 창고를 상상했다. 육중한 고전서 『월드 아틀라스 와인』을 옆에 끼고 다니며 소믈리에 자격증 준비 강좌를 수강했고, 핏물 같은 와인이 뚝뚝 떨어지는 세계 뒤에 숨은 것들을 읽어 내느라 매일 밤 시험 준비하듯 자료를 살폈다. 소설의 내용 탓이었는지 글 쓰는 동안 와인을 거의 마시지 않았다. 돌이켜 보니, 아마도 그것이 이 소설에 대해 내가 지킬 수 있는 최소한의 예의였던 것 같다. 그것이 참으로 다행이다.

소설을 다 쓴 지금은 집에 늘 와인 두 병 정도가 비상용으로 대기 중이다.

세상일이 수선스러워질 때 언제든 꺼내서 마실 수 있도록.